KB056560

좁은문

좁은문

앙드레 지드 저 ―

박정윤 옮김

한비미디어

다른 사람들이라면 이 이야기로 한 권의 책을 꾸며 낼 수도 있었을 것이다. 그러나 내가 여기서 털어놓으려는 이 이야기는 내가 온몸을 던져 체험했고, 그러한 만큼 내 기력을 모두 소모시켜 버렸던 그러한 이야기인 것이다. 그래서 나는 조금도 꾸밈없이 나의 추억들을 기록해 나가려 한다.

　설사 그것들이 곳곳에 조각나 있다 할지라도, 그것을 꿰맞추거나 이어 붙이기 위해 새로 이야기를 꾸며 대는 그런 짓은 결코 하지 않을 것이다.

　추억을 손질하기 위해 기울이는 그러한 노력은, 그것을 이야기함으로써 내가 얻으려는 마지막 즐거움마저 깨뜨려 버릴 것이기 때문이다.

아버지가 돌아가신 것은 내가 아직 열두 살도 채 되기 전이었다. 아버지가 의사로 계시던 르아브르에 더 이상 머물러 있을 아무런 이유도 없게 되자, 어머니는 파리로 가면 더 학업을 잘 마치리라는 생각에서 그리로 옮겨갈 작정을 하셨다.

어머니는 뤽상부르 공원 근처에 조그만 아파트를 세내었고, 미스 애슈버튼이 이곳에 와서 우리와 함께 살게 되었다. 혈혈단신의 미스 플로라 애슈버튼은 처음에는 어머니의 가정교사였다가 이어 말벗이 되더니 곧 친한 친구가 되어 버렸다.

나는 부드럽고 쓸쓸한 표정에 늘 상복만 입고 있던 기억이 나는, 이 두 여인 곁에서 자랐다.

아버지가 돌아가신 지 꽤 오랜 뒤라고 생각되는데, 어느 날 아침에 어머니는 당신의 모자에 늘 달곤 하던 검은 리본을 연보라색 리본으로 바꿔 다셨다.

그래서 나는 큰 소리로 외쳤다.

"엄마! 그 빛깔은 정말 엄마에게 어울리지 않아요!"

그 다음 날 어머니는 다시 검은 리본을 달고 계셨다.

나는 꽤 허약한 편이었다. 그래서 어머니와 미스 애슈버튼은 늘 내가 지치지 않도록 마음을 썼다. 그런데도 내가 게을러지지 않을 수 있었던 것은 공부하는 것을 무척 좋아했기 때문이다.

두 여인은 초여름이 되자, 나를 얼굴만 창백해지게 만드는 도시에서 떠나게 할 시기가 왔다고 들먹거렸다.

그러다가 6월 중순경이 되자, 해마다 여름이면 가곤 했던 — 뷰콜렝 외삼촌이 맞아 주는 —르아브르 근처 퐁그즈마르를 향해 우리는 출발했다.

그다지 아름답지도 않은 정원, 노르망디 지방의 다른 정원들과 별다른 특징이 없는 정원 안에 있는 하얀 뷰콜렝 댁의 3층 건물은 18세기풍의 별장들과 같은 것이었다.

정원의 정면 동쪽을 향해 20여 개의 창이 열려 있고, 뒤쪽에도 그만큼 달려 있다. 양쪽 곁에는 창이 없다.

창에는 작은 창유리들이 끼워져 있었는데, 최근에 갈아 끼운 몇 개의 유리는 너무도 투명해서 그 주변의 것들이 모두 푸르게 보였다. 어떤 창유리에는 집안 식구들이 '거품'이라고 부르는 흠이 있어, 그리로 내다보면 나무가 뒤틀려 보이기도 했다. 또한 그 앞을 지나가는 우편배달부가 갑자기 힘껏 달리는 모습도 보였다.

긴 네모꼴의 정원은 담으로 둘러쳐져 있었다. 집 앞에는 그늘진 잔디밭이 널찍하게 펼쳐져 있었고, 그 둘레로 모래와 자갈이 깔려 있는 작은 길이 나 있었다.

또한 담이 낮아서 정원을 둘러싸고 있는 농가의 뜰이 이편에서 보이는데, 농장과 농가를 구분하는 길에는 이 고장 특유의 방식대로 너도밤나무가 심겨져 있었다.

정원은 집 뒤쪽 서편으로 더욱 활짝 트여 있었다. 남쪽 과수 울타리 앞, 꽃이 만발한 좁은 길에는 포르투갈산 월계수의 두터운 장막과 몇 그루 나무가 있어 바닷바람을 막아 줬다.

북쪽의 담을 따라 뻗어나간 또 하나의 오솔길은 나뭇가지 밑으로 사라지는데, 내 사촌 누이들은 그곳을 '어두운 길'이라 불렀다. 누이들은 저녁노을이 지면 거기로 나가길 주저했다. 이 두 갈림길은 채소밭에 닿아 있고, 이 채소밭을 몇 층계 더 내려가면 밑에 정원과 붙어 있다.

그리고 채소밭 안쪽으로 조그만 비밀문이 나 있는 담이 있었고, 그 건너편은 벌채림이었다. 너도밤나무가 늘어선 길이 좌우 양쪽에서 그곳에 이르고 있다.

서쪽의 현관 층계에서는 정원이 바라다 보이고, 이 숲 너머에는 거둬들인 농작물이 쌓여 있다. 그리고 지평선 가까운 곳에 조그마한 교회당이 있고, 해질녘 바람이 잔잔할 때면 몇몇 집에서 연기가 피어오르곤 했다.

여름철 아름다운 석양녘이면, 우리는 저녁 식사를 한 후 아래 정원으로 내려가 작은 비밀문을 통해 주변의 경치가 잘 보이는 길가의 벤치까지 가곤 했다.

그 벤치는 폐광된 이회암(泥灰巖) 채굴터의 이엉으로 엮은 지붕 근처에 있었는데, 외삼촌과 어머니 그리고 미스 애슈버튼이 주로 그곳에 앉아 이야기를 하곤 했다.

맞은편으로 보이는 조그마한 계곡은 자주 안개에 잠겼고, 그 너머 숲 위의 하늘은 금빛으로 물들어 무척 아름다웠다. 우리는 땅거미가 져서 어둑어둑해진 뒤에도 그곳에서 시간을 보내는 일이 많았다.

우리가 다시 집에 돌아오면, 우리와 같이 밖에 나가는 일이 거의 없는 외숙모가 응접실에 있었다.

사촌들과 나는 그것으로 저녁 시간이 끝나는 것이지만, 집에 있을 때는 밤이 이슥해서 어른들이 돌아오는 발소리가 들릴 때까지 각기 자기 방에서 책을 읽곤 했다.

우리는 정원에서 보내는 시간 외에는 대부분 외삼촌의 서재에다 책상을 들여다 놓고 꾸민 '자습실'에서 보냈다. 사촌 동생인 로베르와 나는 나란히 앉아 공부했고, 뒤에서는 줄리엣과 알리사가 공부를 했다.

알리사는 나보다 두 살 위였고, 줄리엣은 한 살 아래였으며, 로베르는 넷 중 가장 나이가 어렸다.

내가 여기서 써 나가려는 것은 어린 시절의 여러 가지 첫 추억이 아니라, 이 이야기의 시작이 틀림없이 아버지가 돌아가신 그해라는 사실이다.

아마도 집안의 불행과 내 자신의 슬픔이 아니라면 — 어머니의 슬픔을 보는 것만으로도 지나치게 자극을 받은 나머지 — 나는 상당히 조숙한 편이었다.

그해 퐁그즈마르에 다시 왔을 때 줄리엣과 로베르는 상대적으로 어리다고 느껴졌지만, 알리사를 보는 순간 문득 우리 둘은 이제 어린애들이 아니라는 것을 깨달았다.

그렇다! 그것은 역시 아버지가 돌아가신 해의 일이다. 우리가 도착한 직후, 미스 애슈버튼과 어머니가 주고받은 대화가 내 기억을 확인해 주고 있다.

나는 어머니와 애슈버튼이 이야기하고 있던 방에 불쑥 들어갔었다. 외숙모에 관한 이야기였다. 어머니는 외숙모가 상복을 입지 않았다든가 혹은 벌써 벗어 버렸다든가 하는 일로 화를 내고 있었다. — 사실 소복을 하고 있는 뷰콜렝 외숙모를 상상한다는 것은 화려한 옷차림의 어머니를 상상하는 것만큼이나 어색한 일이었다.

내 기억으론…… 우리가 도착하던 날 류실르 뷰콜렝은 모슬린 옷을 입고 있었다.

여느 때와 마찬가지로 타협적인 미스 애슈버튼은 어머니를 진정시키려 애쓰면서 조심스럽게 말을 했다.

"어쨌든 흰옷도 상복 차림이긴 하잖아요?"

"아니, 그럼…… 그 어깨에 걸치고 있는 빨간 숄도 상복 차림이란 말이에요? 플로라, 내 화를 그만 좀 돋우세요!"

어머니는 애꿎은 미스 애슈버튼에게 소리를 지르셨다.

내가 외숙모를 본 것은 여름방학 때뿐이었으니까, 내 눈에 익숙한 속살을 많이 드러낸 그 웃옷차림은 여름의 더위 탓이라 할 수 있을 것이다.

그러나 어머니의 눈에 거슬렸던 것은, 드러난 어깨 위에 걸치고 있었던 숄의 타는 듯한 빛깔보다도 가슴까지 훤히 드러난 모습이었음이 분명하다.

류실르 뷰콜렝은 무척 아름다웠다. 내가 아직도 간직하고 있는 외숙모의 초상은 그 당시 외숙모의 모습을 그대로 보여 주고 있다. 당신 딸들과 자매지간으로 보일 만큼 앳된 모습인 외숙모는 언제나 변함없는 맵시로 턱을 왼손으로 괸 채 비스듬히 앉아서 새끼손가락을 맵시 있게 입술 쪽으로 구부리곤 했다.

굵직한 올로 성기게 짠 머리 망으로 목덜미 위로 반쯤 흘러져 내린 곱슬곱슬한 머리채를 흘러내리지 않게 감싸고 있었다. 또한 웃옷 깃 사이의 움푹 파인 곳엔 검은 우단으로 만든 느슨한 목걸이를 걸고 있었는데, 그 목걸이엔 이탈리아식 모자이크 매달이 달려 있었다.

흔들거리는 큼직한 매듭이 달린 검은 우단의 허리띠, 모자 끈으로 의자 뒤에 달아매 놓곤 하던 차양이 넓고 부드러운 밀짚모자……. 이 모든 것이 외숙모의 모습을 더욱 앳되게 보이게 해 줬다.

외숙모는 오른손을 아래로 늘어뜨린 채 접혀 있는 책 한 권을 들고 있었다.

류실르 뷰콜렝은 식민지 출신이었다. 양친이 누군지도 모른다고 하는 사람도 있었고, 일찍 여의었다고 말하는 사람도 있었다.

나중에 어머니가 들려준 이야기로는, 내버려졌거나 아니면 고아였던 외숙모를 그때까지 어린애가 없던 보티에 목사 부부가 거두어 주었다고 한다. 그런데 목사 부부가 곧 마르티니크를 떠나게 되자, 당시 뷰콜렝 가가 살고 있던 르아브르로 데리고 왔다는 것이다.

보티에 가와 뷰콜렝 가는 집안끼리 가까웠으며, 당시 은행에 근무하던 외삼촌은 외국에 나가 있다가 3년 만에 돌아왔다고 한다. 외삼촌은 그때 처음 어린 류실르를 보았는데, 외삼촌이 그녀를 보자마자 사랑에 빠져 청혼하여 가족들이 무척 속상해 한 모양이다.

당시 류실르는 16세였다. 그간에 보티에 부인은 두 아이의 어머니가 되었다. 부인은 날이 갈수록 성격이 비뚤어져 가는 수양딸이 두 자녀에게 어떤 영향을 끼칠까 봐 두려워하기 시작한 참이었다. 게다가 살림살이도 옹색했고……. 이런 것들이 모두 보티에 부인이 외삼촌의 청혼을 반갑게 수락한 연유라고 어머니께서 내게 이야기해 주었다.

더 나아가서, 사춘기에 이른 류실르가 목사 부부를 몹시 난감하게 했으리라고 여겨진다. 르아브르 지방의 분위기를 잘 알고 있는 나로서는, 그처럼 매혹적인 용모를 지녔던 처녀에게 사람들이 어떻게 대했을지 짐작하는 것은 어려운 일이 아니다.

훨씬 후에야 알게 되었지만, 성격이 온유하고 신중하면서도 순박한 보티에 목사는 책략이나 모략 등을 견디기 힘들어하는 무력한 분이셨다. 이 어진 목사는 정말 진퇴양난에 빠졌을 것이다.

하지만 보티에 부인에 대해서는 아무것도 아는 게 없다. 부인은 넷째 아들 — 나와 같은 또래로 나중에 내 친구가 된 아들을 낳은 후 세상을 떠나고 말았기 때문이다.

류실르 뷔콜렝은 우리 생활에 거의 끼어들지 않았다. 점심식사가 끝난 후가 아니면 자기 방에서 내려오는 일도 거의 없었다. 내려와서도 소파나 혹은 해먹 위에 저녁까지 길게 누워 있다가 나른한 듯이 일어나곤 했다.

그녀는 윤기라곤 전혀 없는 이마에, 마치 땀이라도 닦는 것처럼 손수건을 습관적으로 갖다 대곤 했다. 그 손수건은 꽃향기보다는 과일 냄새가 풍기는 데다 모양까지 정묘하여 무척 신기하게 보였다.

때로 그녀는 허리띠에서, 여러 가지 노리개와 함께 시곗줄에 매달려 있는 조그마한 거울을 꺼내곤 했다. 그 거울은 매끄러운 은으로 만들어진 뚜껑이 달린 것이었는데, 뚜껑을 열고 자기 얼굴을 거기에 비춰 보면서 손가락 하나를 입술에 갖다 대어 침을 조금 묻혀서는 눈꼬리를 축이곤 했다.

그녀는 자주 책을 들고 있었지만 거의 대부분 덮여진 채였다. 책갈피에는 거북껍질로 만들어진 서표가 끼워져 있었다.

누군가가 옆으로 다가가도, 여전히 공상에 잠겨 있는지 시선을 돌리는 일은 거의 없었다. 그리고 힘없이 나른해진 그녀의 손에서, 또는 소파의 팔걸이나 치마폭의 주름 사이에서 손수건이나 책, 혹은 무슨 꽃이나 서표가 떨어지곤 했다.

어느 날 그 책을 집어 든 나는 — 이건 어릴 때 추억이다.
— 그것이 시집인 것을 보고 얼굴을 붉힌 적이 있다.

저녁 식사가 끝나면 류실르 뷰콜렝은 가족 테이블로 가까이 오지 않고 피아노 앞에 앉아 쇼팽의 느린 마주르카를 치곤했다. 그런데 어느 때는 박자를 무시하고 어느 한 음만을 누른 채 꼼짝 않고 앉아 있기도 했다.

외숙모 곁에서 나는 언제나 까닭 모를 어색한 기분, 일종의 감탄과 두려움이 뒤섞인 느낌을 느끼기 일쑤였다. 무의식적인 어떤 본능이 외숙모를 경계하도록 했는지도 모른다.

게다가 나는 외숙모가 플로라 애슈버튼과 어머니를 경멸하고 있다는 걸 눈치챘다. 반면, 미스 애슈버튼은 그녀를 두려워했으며, 어머니는 어머니대로 그녀를 좋아하지 않고 있다는 사실을 간파할 수 있었다.

'류실르 뷰콜렝, 나는 이제 당신을 원망하고 싶지도 않습니다. 또한 당신이 얼마나 많은 잘못을 저질렀는가도 잊고 싶은 심정입니다……. 적어도 나는 노여움 없이 당신에 관한 이야기를 해 보렵니다.'

그해 여름의 어느 날 ― 혹은 그 이듬해였는지도 모른다. 언제나 같은 배경이어서 내 기억은 가끔 뒤섞인다. ― 책을 한 권 찾으러 응접실로 들어갔다.

외숙모가 거기에 있었다. 나는 곧 되돌아 나오려고 했다.

그런데 여느 때는 나를 거들떠보지도 않던 외숙모가 나를 불렀다.

"제롬! 왜 그렇게 급히 나가니? 내가 무서운 거야?"

나는 가슴을 두근거리며 그녀 쪽으로 다가가서, 애써 미소를 지어 보이며 손을 내밀었다.

그러자 그녀는 한 손으로는 내 손을 잡고, 다른 한 손으로는 내 얼굴을 어루만졌다.

"너의 어머니는 어쩌면 이렇게 흉하게 옷을 입히니? 가엾어라……."

그때 나는 넓은 칼라의 세일러복을 입고 있었는데, 외숙모는 내 옷의 칼라를 만지다가 단추 하나를 빼면서 말했다.

"세일러복은 칼라를 이렇게 젖혀 입는 거야. 자! 봐라, 훨씬 낫지 않니?"

외숙모는 그 조그만 거울을 꺼내고는, 자기 얼굴에 내 얼굴을 끌어당기며 내 목을 휘감더니 반쯤 벌려진 내 옷 속으로 자기 손을 집어넣었다. 그리고는 웃는 얼굴로 간지럽지 않으냐고 물으면서 자꾸만 더 깊이 손을 밀어 넣었다.

나는 깜짝 놀라서 펄쩍 뛰며 일어났다. 그 바람에 세일러복이 조금 찢어졌고, 나는 그만 얼굴이 홍당무가 되고 말았다.

"어머! 어휴, 이런 바보!"

외숙모가 소리치는 사이에 나는 도망쳤다. 그러고는 정원으로 달려가, 채소밭에 있는 조그마한 빗물 통의 물에 손수건을 축여 이마며 뺨이며 목이며 할 것 없이, 그녀의 손길이 닿았던 곳을 닦고 문질러 냈다.

때때로 류실르 뷰콜렝은 '발작'을 일으키곤 했다. 발작은 아무 때나 불시에 일어나 집안을 발칵 뒤집어 놓기 일쑤였다.

그럴 때면 미스 애슈버튼이 부랴부랴 아이들을 데리고 가 돌보아 주었지만, 침실이나 응접실에서 나오는 무서운 고함소리를 들리지 않도록 막을 수는 없었다.

그리고 이어서 외삼촌이 거의 반미치광이처럼 수건이나 화장수나 에테르를 가지러 복도로 뛰어가는 소리가 들려오곤 했다.

그런 날이면 외숙모는 식사 때가 되어도 식탁에 나타나지 않았고, 근심에 찬 외삼촌의 얼굴은 더욱 늙고 초췌해 보였다.

발작의 순간이 지나 진정되고 나면, 류실르 뷰콜렝은 자기 아이들을 곁으로 부르곤 했다. 그런데 로베르와 줄리엣만 부를 뿐, 이상하게도 알리사를 부르는 일은 없었다.

이런 날이면 알리사는 자기 방에 틀어박혀 있었고, 외삼촌이 이따금 그녀를 보러 가곤 했다. 외삼촌은 알리사와 곧잘 이야기를 하는 편이었다.

외숙모의 발작은 하인들에게 큰 충격을 주곤 했다. 발작이 유난히도 심하던 어느 날 저녁이었다. 응접실에서 벌어지는 일이 잘 들리지 않는 곳에서 꼼짝 말고 있으라는 말을 듣고, 내가 어머니 방으로 가서 어머니와 함께 있을 때였다.

"주인님, 어서 내려오세요! 마님께서 지금 돌아가시려고 해요."

하녀가 소리치면서 복도를 뛰어가는 소리가 들렸다.

외삼촌은 알리사의 방에 올라가 계셨다. 하녀의 소리를 들은 어머니가 외삼촌을 부르러 갔고, 15분쯤 지나서 내가 있던 방의 열려진 창 앞으로 두 분이 무심히 지나갔다.

그때 어머니가 말하는 소리가 들려왔다.

"내가 똑바로 말해 볼까? 이건 모두 연극이야!"

그리고는 음절을 뚝뚝 끊으면서, 몇 번이나 되풀이했다.

"연…극…이야!"

이 일은 방학이 끝날 무렵에 생겼고, 아버지가 돌아가신 지 2년 후의 일이었다. 그 후로는 오랫동안 외숙모를 만나지 않게 되었다.

그러나 우리 집안을 뒤엎은 슬픈 사건을 이야기하기 전에, 또 그 사건의 결말에 조금 앞서…… 그때까지도 류실르 뷰콜렝에 대해 내가 느끼고 있었던 복잡하고도 막연한 감정을 그야말로 증오심으로 바꾸어 놓은 사정을 이야기하기 전에, 내 사촌 누이에 대한 이야기를 먼저 해야 할 것 같다.

나는 그때까지 알리사 뷰콜렝이 얼마나 아름다운지를 깨닫지 못하고 있었다. 내가 그녀에게 이끌리면서 그녀 가까이 머물게 된 것은 겉모습 때문이 아니라, 좀 더 색다른 매력 때문이었다.

물론 그녀는 자기 어머니와 많이 닮았다. 그러나 그녀의 눈매는 자기 어머니와 너무도 달랐기 때문에, 나는 그 두 사람이 닮았다는 사실을 훨씬 뒤에야 깨달았다.

하지만 나는 지금 그녀의 얼굴을 그릴 수가 없다. 얼굴의 생김새뿐 아니라 눈빛마저도 이제는 희미해졌기 때문이다.

단지 생각나는 것은…… 슬픔이 깃든 듯한 미소와 커다란 곡선을 그리는 눈, 시원하게 올라붙은 눈썹의 선뿐이다.

나는 그러한 눈썹을 어디에서도 본 적이 없다. 단테 시대의 피렌체에서 새겨졌다는 조상(彫像)에서 본 것 말고는……. 그래서 나는 어렸을 때의 베아트리체도 그런 눈썹이었으리라고 상상하곤 했다.

아주 널따랗게 호선(弧線)을 그리고 있는 그런 눈썹은 그녀의 눈길에, 그리고 그녀의 온몸 전체에 근심과 신뢰가 동시에 섞인 질문의 표정을 만들어 주었다. 그렇다! 그것은 열정적인 질문의 표정이었다.

그녀에게는 모든 것이 질문이요, 기다림이었으니까…….

이러한 질문이 나를 어떻게 사로잡았으며, 내 삶의 방향을 결정짓게 되었는가를 이제부터 이야기하려 한다.

보는 사람에 따라서는 줄리엣이 더 예쁘다고 생각했을 수도 있다. 그녀에게서는 기쁨과 건강의 빛이 뿜어져 나왔으니까……. 그러나 언니인 알리사의 우아하고 품위 있는 아름다움과 비교할 때, 그녀의 아름다움은 외형적인 것에 불과하여 누구에게나 단번에 드러나는 그런 것이었다.

또 다른 사촌 동생 로베르는 별다른 특징이 없는 아이였다. 단지 내 나이 또래의 아이였을 뿐이다.

나는 줄리엣이나 로베르와는 같이 어울려서 뛰놀았고, 알리사와는 늘 이야기를 나눴다.

알리사는 우리 장난에 끼는 일이 없었다. 아무리 먼 과거로 되돌아가도, 내 눈에 그려지는 알리사는 언제나 진지하고 부드러운 미소를 띤 채 생각에 잠겨 있는 모습이다.

그때 우리는 무슨 이야기를 했던가? 이제 나는 곧 그것을 이야기하겠다.

그러나 그보다도 먼저 다시는 외숙모 이야기가 나오지 않도록 외숙모에 관한 이야기를 끝맺을 생각이다.

아버지가 돌아가신 지 두 해가 지났을 때 어머니와 나는 부활제 방학을 보내려고 르아브르에 갔다. 시내에서 퍽 비좁

게 사는 외삼촌 댁 대신 한결 집이 넓은 이모님 댁에서 지내게
되었다.

그동안 내가 좀처럼 만날 기회가 없었던 플랑티에 이모님
은 여러 해 전에 혼자되셨다. 나보다 훨씬 나이도 많고, 성격
도 나와는 판이한 이모네 아이들을 나는 겨우 얼굴이나 알
정도였다.

르아브르에서 사람들이 '플랑티에 댁'이라고 부르는 이모
님의 집은 시내가 내려다보이는 언덕배기 중턱에 있었다. 외
삼촌 댁은 상가 근처에 있었는데, 가파른 언덕길로 이 두 집을
순식간에 오고 갈 수가 있었다. 나는 하루에도 몇 차례씩 이
길을 오르내렸다.

그날 나는 외삼촌 댁에서 점심을 먹었다. 식사가 끝난 후
얼마 되지 않아 외삼촌은 곧 외출을 했다. 나는 외삼촌을 따라
외삼촌의 사무실까지 갔다가, 플랑티에 이모님 댁으로 갔다.
어머니는 이모와 함께 외출을 했는데 저녁 식사 때나 돌아오
실 모양이었다.

곧 나는 다시 시내로 내려왔다. 이 시내에서 마음껏 산책할
기회를 그때까진 별로 갖지 못했었다.

나는 부두로 내려갔다. 바다의 안개로 뒤덮인 이 부두는 몹시 음울해 보였다. 나는 한두 시간쯤 부둣가 여기저기를 돌아다녔다.

그러다가 문득 방금 만나고 온 알리사를 찾아가 놀래 주고 싶다는 생각이 들었다. 나는 외삼촌 댁으로 달려가 초인종을 눌렀다.

이미 층계 위를 뛰어오르는 나를, 문을 열어 준 하녀가 가로막았다.

"올라가지 마세요, 제롬 도련님. 올라가지 마세요. 마님께서 발작이 나셨어요."

그러나 나는 그대로 지나쳐 올라갔다. 외숙모를 보러 온 것이 아니니까……

알리사의 방은 4층에 있었다. 2층에는 응접실과 식당이 있고 3층에는 외숙모 방이 있는데, 그곳에서 말소리가 흘러나오고 있었다.

방문이 열려 있었는데, 그 앞을 지나가야만 했다. 한 줄기 불빛이 흘러나와 층계참을 꺾어 비치고 있었다. 들키지 않을까 조마조마하여, 나는 잠시 주저하다가 몸을 숨겼다. 그러다

다음 순간 방 안의 광경을 보고 아연해지고 말았다.

커튼이 처 있기는 했지만, 두 개의 가지 달린 촛대에 꽂힌 촛불이 화려한 불빛을 뿌리고 있었다. 방 한가운데 있는 긴 의자에 외숙모가 누워 있고, 그 발밑에 로베르와 줄리엣이 있었다. 그리고 외숙모 뒤에는 중위 복장을 한 낯선 청년이 서 있었다.

지금 생각해 보면, 이 두 어린애가 그 자리에 있었던 것이 망측한 일일지도 모른다. 하지만 그 무렵의 순진했던 내 생각으론 오히려 그것이 안심이 되었었다.

"뷰콜렝! 내게 양 한 마리가 있다면, 틀림없이 뷰콜렝이라고 이름을 붙여 주었을 거야……."

이 낯선 사나이가 맑고 부드러운 목소리로 이런 말을 되풀이하자, 두 아이는 웃으면서 그 모습을 바라보고 있었다.

외숙모는 깔깔대고 웃었다. 외숙모가 그 젊은 사나이에게 담배를 내밀자 그는 불을 붙여 주었고, 외숙모가 몇 모금 빠는 것을 나는 지켜보았다.

그러다가 외숙모의 손에 들려 있던 담배가 바닥에 떨어지자, 그 담배를 주우려고 사나이가 재빨리 일어났다. 그러다가

솔에 발이 걸린 척하면서 외숙모 앞에서 무릎을 꿇는 것이었다…….

이 우스꽝스러운 연극 덕분에 나는 들키지 않고 빠져나갈 수가 있었다.

나는 알리사의 방문 앞에 이르렀다. 문을 두드린 후, 잠시 나는 그대로 기다렸다.

웃음소리와 떠드는 소리가 아래층에서 들려오고 있었다. 아마도 그 소리가 내 노크하는 소리를 덮어 버렸는지, 대답이 없었다. 그래서 문을 살그머니 밀어 보았더니 조용히 열렸다.

방 안은 벌써 어둠이 깃들어 있어서 나는 알리사를 찾아낼 수가 없었다.

그녀는 저무는 저녁 햇살이 스며드는 창문을 등진 채 침대 머리에 무릎을 꿇고 있었다.

내가 가까이 다가가자 고개를 돌렸지만, 여전히 자세를 바꾸지 않은 채 나직한 목소리로 말했다.

"아, 제롬. 또 왔어?"

나는 키스를 하려고 몸을 굽혔다. 그런데 그녀의 얼굴이 온통 눈물에 젖어 있었다…….

이 순간이 내 삶의 방향을 결정지었다.

지금도 그 순간을 회상해 보면 마음이 괴롭다. 물론 나로서는 알리사가 왜 그렇게 슬퍼하는지를 어렴풋하게 짐작할 뿐이었다.

그러나 나는 그러한 슬픔이 ─ 아직은 어리기만 한 이 영혼, 흐느낌으로 온통 떨리고 있는 이 연약한 육신이 감당하기에는 너무도 벅찬 것이라는 사실을 뼈저리게 느꼈다.

나는 여전히 무릎을 꿇고 앉아 있는 그녀 곁에 서 있었다.

나는 내 마음속에 솟아오르는 이 새로운 격정을 무엇이라 표현할지 몰랐다. 단지 그녀의 머리를 내 가슴에 꼭 껴안고 내 마음이 담긴 입술을 그녀의 이마에 대고 있을 따름이었다.

나는 사랑과 연민, 그리고 감격, 희생심, 정성이 뒤얽힌 걷잡을 수 없는 감정에 도취되어 힘껏 하느님을 불렀다.

그러면서 이제는 내 삶의 목표가 공포와 악으로부터 이 소녀를 보호하는 것뿐이라고 다짐하면서, 내 모든 것을 바치기로 마음먹으며 기도하는 마음으로 감싸 주었다.

그때 어렴풋이 그녀의 말이 들려왔다.

"제롬, 들키지 않았어? 자, 빨리 가! 들키면 안 돼!"

그리고는 좀 더 음성을 낮추어서 말했다.

"제롬, 아무에게도 말하지 마. 가엾은 아버진 아무것도 모르셔……."

그래서 나는 이 일에 대해서는 아무에게도 말을 하지 않았다. 그러나 플랑티에 이모와 어머니가 끊임없이 속삭이면서, 뭔가를 숨기려는 듯이 안절부절못하는 근심스러운 모습이 자주 눈에 띄었다.

또한 그분들은 은밀히 무슨 말인가를 주고받다가, 내가 가까이 다가가면 나를 떼어 놓으려고 애를 쓰곤 했다. "얘야, 저리 가서 놀아라." 하면서…….

이런 모든 정황으로 보아, 나는 두 분이 외삼촌 댁의 비밀을 전혀 모르지는 않는다고 짐작했다.

우리가 파리에 돌아오자마자 한 장의 전보가 와서 어머니는 다시 르아브르로 가야 했다. 외숙모가 도망쳐 버렸다는 것이다.

"어떤 남자하고요?"

어머니가 나를 맡기고 간 미스 애슈버튼에게 물었다.

"애야, 그것은 어머니께 여쭤봐라. 난 뭐라 대답할 게 없다."

외숙모의 가출 사건에 아연해진 이 노부인이 머리를 내저으며 대답했다.

이틀 후, 미스 애슈버튼과 나는 어머니의 뒤를 따라 르아브르로 떠났다.

그날은 토요일이었다. 내 마음엔 '다음 날 교회에서 사촌 누이들을 만나야 할 텐데…….' 하는 생각으로 꽉 차 있었다.

어린 마음에, 우리가 이런 장소에서 만나게 되면 우리들의 재회가 성스러운 것이 된다는 생각이 들어 스스로가 대견스럽게 느껴졌다.

어쨌든 외숙모의 일에 대해서는 별로 생각하지 않았으며, 어머니에게도 묻지 않는 편이 좋으리라 생각했다.

그날 아침 작은 교회당에는 사람들이 별로 많지 않았다. 보티에 목사는 아마도 의식적으로, '좁은 문으로 들어가기를 힘쓰라.'라는 그리스도의 말씀을 묵도의 주제로 삼은 것 같았다.

알리사는 나보다 조금 앞자리에 앉아 있었다. 나는 그녀의 옆모습을 바라볼 뿐이었다. 나는 그녀를 바라보는 데 정신이 팔려 있었기 때문에 주의 깊게 듣고 있던 설교 말씀도 그녀를 통해 듣는 것 같았다.

외삼촌은 어머니 곁에 앉아 울고 있었다.

목사는 먼저 전체 구절을 내리 읽으셨다.

"좁은 문으로 들어가기를 힘쓰라. 멸망으로 인도하는 문은 크고 그 길이 넓어 그리로 들어가는 자가 많고, 생명으로 인도하는 문은 작고 협착하여 찾는 이가 드무니라."

그러고 나서 목사는 주제를 명백하게 이야기한 다음 먼저 넓은 길에 대해서 이야기했다. 나는 멍하니 정신이 나간 상태에서 꿈속인 양 외숙모의 방을 다시 그려 보았다.

누워서 웃고 있는 외숙모가 보였고, 번쩍이는 옷을 입은 장교가 웃고 있는 것도 보였다. 웃음이라든가 기쁨이니 하는 것 자체가 불쾌하고 모욕적인 것으로 생각되면서, 추악한 죄악의 과장인 것처럼 여겨졌다.

"그리로 들어가는 자가 많고……."

보티에 목사는 계속 설명해 나갔는데, 시시덕거리면서 행렬을 이루어 앞으로 나가는 화려한 차림새의 군중을 그려 보였다. 나는 목사가 그려 내는 대로 그러한 무리들을 보았다.

나는 그런 행렬에 낄 수도 없겠지만, 끼고 싶은 생각도 없었다. 그들과 발을 맞추어 나가려다 보면 알리사에게서 떨어져야 하기 때문이었다.

그러자 보티에 목사는 인용문의 첫 구절을 되풀이하셨다. 나는 힘써 들어가야 한다는 그 좁은 문을 보았다.

꿈속에서, 잠겨 있던 그 문이 흡사 금속압연기처럼 떠올랐다. 몹시 고통스럽기는 하지만, 하늘나라의 지복을 예감하면서 그 사이로 애써 들어가고 있는 나 자신의 모습이 그곳에 있었다.

그러자 그 문은 다시 알리사의 방문으로 바뀌었다. 나는 그리로 들어가고 싶은 마음을 간신히 억제하며, 내 속에 이기심으로 남아 있는 모든 것을 비워 버리고 있었다.

"생명으로 인도하는 문은 작고 협착하여……."

보티에 목사의 설교는 계속되었다.

나는 온갖 고통과 슬픔을 넘어서 신비롭고 거룩한 기쁨, 내 영혼이 갈망하고 있는 또 다른 기쁨을 상상하고 예감했다.

그 기쁨은 날카로우면서도 부드러운 바이올린 선율 같았고, 또한 알리사의 마음과 내 마음이 한데 녹아드는 거센 불꽃처럼 상상되었다.

우리 두 사람은 묵시록에 적혀 있는 것과 같은 흰옷을 입고서, 손에 손을 잡고 하나의 목표를 향해 앞으로 나아가는 것이었다…….

어린애의 이런 꿈이 미소를 자아내게 한다고 한들 그게 무슨 상관이겠는가. 나는 그저 꿈속에서 떠올렸던 것을 꾸밈없이 이야기할 뿐이다.

혹시 분명치 않은 점도 있겠지만, 그건 단지 감정을 표현하기 위해 사용한 언어가 정확하지 않거나 비유가 불완전할 때 한해서 그러할 것이다.

보티에 목사는 "이를 찾는 이가 드무니라……."라고 마지막 구절을 읽고서, 어떻게 하면 좁은 문을 찾아낼 수 있는가를 설명한 다음 설교를 끝마쳤다.

'이를 찾는 이가 드무니라…….'

— 나는 그중의 한 사람이 되리라.

예배가 끝나자, 지나칠 정도로 긴장되어 있던 나는 사촌 누이를 찾아보려고도 하지 않은 채 뛰어나왔다.

마음에 자랑스러움이 가득 차 있어서인지, 벌써부터 나의 결심 — 나는 이미 결심한 바가 있었다. — 을 시련에 부대끼게 하고 싶었던 것이다.

또한 당장에 그녀로부터 멀리 떨어져 있게 되면, 한결 더 그녀에게 합당한 인간이 될 것이라 생각했기 때문이다.

이 준엄한 교훈은 의무를 받아들일 준비가 되어 있을 뿐만 아니라, 천성적으로 그 터전이 마련되어 있는 하나의 영혼을 발견했다. 또한 부모님이 보여 주신 모범은 내 마음에서 싹트기 시작한 충동을 절제할 수 있게 해 준 청교도적 규율과 결합되어, 이 영혼을 '덕'이라 하는 것에로 기울도록 해 주었다.

    자신을 억제하는 일도 남들이 자기 자신을 함부로 내던지는 것만큼이나 내게는 자연스러웠고, 나를 붙들어 매고 있던 엄한 규율도 혐오감을 주기는커녕 오히려 내 마음을 기쁘게 해 주었다. 내가 추구한 것은 행복 그 자체가 아니라, 행복에 이르기 위해 기울이는 무한한 노력이었다.

그때 나는 행복과 덕을 혼동하고 있었던 것 같다. 물론 열네 살 된 소년인 나로서는 모든 것이 모호했고, 그저 어떤 가르침이 있기를 기다리는 막연한 상태였다.

그러나 알리사에 대한 나의 사랑은 거침없이 그러한 방향으로 기울게 했다. 그것은 갑작스러운 마음의 계시였는데, 그로 인해 나는 나 자신을 의식하게 되었다.

즉 나는 내성적이며 활달하지 못한 성격으로 먼저 나서는 법 없이 늘 기다리기만 했다. 남의 일에는 별로 관심도 보이지 않았고 과감성도 없었으며, 무얼 해 보겠다는 생각 따위는 없이 오로지 자아에 대한 성취만을 꿈꾸었다. 나는 공부하는 것을 좋아했으며, 장난을 쳐도 깊이 생각을 해야 하는 것이거나 힘 드는 것이 아니면 열중하지 않았다. 내 나이 또래 아이들과는 별로 사귀지도 않았으며, 같이 어울린다고 해도 그것은 단지 우정이나 호의를 보이기 위함일 뿐이었다. 그러나 아벨 보티에와는 잘 어울렸다.

그는 그 이듬해 파리에 와서 나와 같은 학급에서 공부하게 되었는데, 상냥하고 만사태평한 성격인 그에게 존경이라기보다는 정다움을 느꼈다. 무엇보다도 그와 어울리게 되면, 내

마음이 늘 줄달음쳐 가는 르아브르와 퐁그즈마르 이야기를
할 수 있어서 좋았다.

외사촌 동생인 로베르 뷰콜랭은 우리와 같은 중학교 기
숙사생으로 들어오기는 했지만, 두 학년 아랫반이었다. 그
래서 나는 일요일에만 그와 만날 뿐이었다. 만약 그가 내
사촌 동생이 아니었다면 — 게다가 그는 누이들과 별로 닮
은 점도 없었다. — 나는 그를 만나고 싶어하지 않았을지도
모른다.

그 무렵 나는 사랑에 열중해 있었는데, 로베르나 아벨에
대한 우정을 조금이나마 중요하게 느꼈던 것은 이러한 사랑
이 내 마음에 가득 차 있었기 때문이었을 것이다.

알리사는 복음서에 나오는 값진 진주와 같았고, 나는 그
진주를 얻기 위해 내가 가진 모든 것을 팔아 버린 장사치였다.

비록 당시의 내가 어리기는 했지만, 지금 그것을 사랑이라
이야기하면서 사촌 누이에 대해 느낀 감정을 그렇게 부르는
것이 잘못된 일일까?

하지만 그 뒤로 내가 경험한 어떤 일도 '사랑'이라는 이름에
이보다 더 적합하다고 여겨진 것은 없다.

뿐만 아니라 내가 육체적인 불안으로 괴로워할 나이가 됐을 때도 사랑에 대한 내 생각은 별로 달라지지 않았다. 어렸을 때는 물론이고, 조금 더 성장하고 나서도 나는 그저 그녀에게 합당한 인간이 되려고만 노력했지 그녀를 보다 직접적으로 소유하여 내 것으로 만들 생각 같은 것은 하지 않았다.

공부, 노력, 경건한 행위 등 — 내가 가진 모든 것을 나는 알리사에게 바치려고 했다. 또한 그녀만을 위해 한 일조차도 그녀에게 알리지 않는 것이 한층 더 깨끗한 덕행이라고 생각했다. 나는 그처럼 독한 술 같은 겸양에 도취해 있었다.

아! 나는 내 자신의 즐거움이란 별로 염두에 두지도 않고, 그저 나에게 어떤 노력이 요구되는 것이 아니면 어떤 일에도 만족할 수 없는 버릇이 들었던 것이다.

그런데 나만이 이러한 덕행을 추구하겠다는 마음에 사로잡혀 있었던 것일까……?

알리사는 그러한 내 마음을 눈치채고 있는 것 같지도 않았고, 오직 그녀를 위해서만 노력을 기울이고 있는 나를 위해서 별다르게 마음을 쓰는 것 같지도 않았다.

꾸밈없는 그녀의 영혼 속에서는 모든 것이 아주 단순한 아름다움에 지나지 않았기 때문일 것이다.

그녀가 지닌 덕성은 너무나도 자연스럽고 우아했기 때문에, 특별하게 마음을 기울이지 않아도 그녀의 주위에서 저절로 흘러넘치는 것처럼 보일 정도였다.

그 앳된 미소로 인해 그녀의 눈길에 깃든 엄숙함마저도 오히려 부드러운 매력으로 빛나는 것만 같았다. 그녀가 너무나도 부드럽고 다정한, 무엇인가를 묻고 있는 듯한 시선으로 바라보는 모습을 나는 지금도 생생하게 기억한다.

그러고 보면 외삼촌이 마음의 동요가 있을 때마다 이 맏딸에게 의견을 물으면서 위안을 얻으려 했던 까닭이 무엇인지 충분히 이해가 되었다.

그 이듬해 여름, 나는 외삼촌이 그녀와 이야기하는 것을 자주 볼 수 있었다. 슬픔으로 인해 외삼촌은 나이보다 훨씬 더 늙어 보였다. 외삼촌은 식사 때도 통 말씀이 없었는데, 때때로 쾌활한 표정을 애써 지어 내곤 하시면 그 모습이 더 쓸쓸하게 느껴졌다.

저녁 시간에도 알리사가 찾으러 갈 때까지 외삼촌은 서재에서 담배만 피워 댔고, 알리사가 빌다시피 해야 겨우 방에서 나왔다.

알리사는 마치 어머니가 어린아이를 보살피는 것처럼, 외삼촌을 정원으로 인도했다. 둘이서 꽃이 만발한 오솔길을 내려가, 채소밭 층계 근처의 갈림길에 놓인 둥그런 의자에 앉는 것이었다.

어느 날 석양 무렵, 나는 크고도 붉은 너도밤나무가 빽빽이 들어서 있어 그늘이 진 잔디밭에 드러누워 책을 읽고 있었다. 꽃이 만발한 그 오솔길과 나 사이에는 월계수 울타리가 있을 뿐이어서, 보이지는 않아도 소리는 그대로 들려왔다.

알리사와 외삼촌은 아마도 로베르에 대한 이야기를 한 듯했다. 그리고 이어서 알리사가 내 이름을 말하는 소리가 들리기에, 나는 그들의 이야기에 귀를 기울였다.

그때, 외삼촌이 큰 소리로 말씀하셨다.

"음! 그 아이는 늘 공부하는 걸 좋아하지."

갑자기 엿듣게 된 나는 자리를 떠나거나, 그렇지 않으면 적어도 내가 있다는 것을 알리기 위해서 무슨 기척이라도 내야 할 것 같았다.

하지만 어떻게……? 기침을 할까? 아니면 '나 여기 있어요! 이야기 소리가 들려요!'라고 소리를 칠까?

그러나 내가 잠자코 있었던 것은 더 들어 보고 싶은 호기심에서가 아니라 어색하고 수줍었기 때문이었다. 더구나 두 사람은 그냥 내 앞을 지나갔을 뿐이고, 나 또한 그들의 이야기를 불확실하게 들었을 뿐이지 않는가…….

두 사람은 천천히 걷고 있었다. 아마도 알리사는 여느 때와 마찬가지로 팔에 바구니를 걸고, 시든 꽃을 따 버리기도 하고, 금년 들어 자주 끼는 바다 안개 때문에 익지도 않은 채로 울타리 밑에 떨어져 아직도 푸른 색깔을 띤 열매들을 줍기도 하고 있었을 것이다.

그녀의 맑은 목소리가 들려왔다.

"아버지, 팔리시에 고모부는 훌륭한 분이셨어요?"

외삼촌의 음성이 너무 낮고 희미해서, 나는 외삼촌의 대답을 알아들을 수가 없었다.

알리사가 재차 물었다.

"아주 훌륭하셨어요?"

외삼촌이 다시 희미한 목소리로 대답을 했고, 뒤를 이어 알리사의 또렷한 목소리가 들려왔다.

"제롬은 참으로 총명하죠?"

내가 어떻게 귀를 기울이지 않을 수 있겠는가······? 그러나 한 마디도 알아들을 수가 없었다.

알리사가 다시 말을 이었다.

"훌륭한 사람이 될 거라고 생각하세요?"

여기서 외삼촌의 음성이 높아졌다.

"네가 어떤 뜻으로 '훌륭한'이라는 말을 쓰고 있는지, 그걸 먼저 알고 싶구나. 겉보기에는 그렇지 않아 보이고, 적어도 사람들의 눈에는 그렇게 보이지 않아도 사실은 아주 훌륭한 사람이 있는 법이야. 하느님의 눈으로 볼 때 아주 훌륭한 사람 말이야."

"저도 그런 뜻으로 말한 거예요."

알리사가 말했다.

"게다가 또······. 하지만 어디 벌써부터 알 수 있겠니? 그 애는 아직 너무 어리니까······. 그래, 분명히 유망한 애야. 하지만 그것만으로 성공할 수 있는 것은 아니야······."

"또 무엇이 필요하죠?"

"글쎄, 뭐라 할까……. 신뢰라든가, 도움이라든가, 사랑이라든가……."

"도움이라뇨?"

알리사가 물었다.

"내겐 주어지지 않았던 것, 애정이라든가 존경 같은 것 말이다."

외삼촌은 쓸쓸하게 대답했다.

그러고 나서 두 사람의 말이 차츰 들리지 않게 되었다.

저녁 기도 시간에 나는 본의 아닌 실수를 뉘우치고, 사촌 누이에게 고백하리라 결심했다. 그렇게 하겠다고 결심한 데는, 좀 더 캐 보려는 호기심도 섞여 있었을 것이다.

그 이튿날, 내가 말을 꺼내자마자 알리사가 나무라듯이 말했다.

"그렇지만 제롬, 그렇게 엿듣는 건 아주 나쁜 짓이야. 기척을 하든가, 자리를 떠나든가 했어야 할 게 아냐?"

"난 정말 엿들은 게 아냐. 그저 들려왔을 뿐이야. 그리고 그쪽도 그냥 지나가 버렸잖아."

"우리는 천천히 걷고 있었는걸."

"그래, 그렇지만 내게는 들릴락 말락 할 정도였어. 그리고는 곧 들리지 않게 되었어……. 그런데 성공하려면 무엇이 필요한가 물었을 때 외삼촌이 뭐라 대답하셨지?"

"제롬, 다 듣고 나서 뭘 그래. 내게 되풀이해서 듣고 싶은 모양이지?"

알리사가 웃으며 말했다.

"아냐, 정말 첫머리밖엔 듣지 못했어. 신뢰와 사랑에 대해서 말씀하셨을 때 말이야. 그리고 나서 또 여러 가지 것들이 필요하다고 하셨잖아. 그때 뭐라고 대답했어?"

그러자 그녀가 갑자기 정색을 하며 말했다.

"인생에 있어서의 도움을 말씀하시기에, 네게는 어머니가 계시다고 대답했어."

"아아, 알리사. 어머니가 언제까지나 나와 함께 계실 수 없다는 것을 잘 알고 있잖아. 그리고 그것은 정확한 대답이 아니지……."

내 말에 알리사가 고개를 숙이며 말했다.

"아버지도 그렇게 대답하셨어."

나는 떨면서 그녀의 손을 잡았다.

"내가 장차 어떤 사람이 되든지 간에 그것은 오로지 너를 위해서야."

"그렇지만 제롬, 나도 너를 떠날지 모르잖아?"

나는 내 영혼을 불어넣듯 혼신의 힘을 다해 말했다.

"나는 절대 너를 떠나지 않아."

그녀는 어깨를 약간 으쓱하더니 이렇게 말했다.

"혼자 걸어 나갈 만큼 강하지 못한 거야? 하느님께는 누구나 혼자 가야 하는 거야."

"그렇지만 내게 길을 가르쳐 주는 사람은 바로 너야."

"왜 그리스도 외의 다른 인도자를 찾을까…… 우리가 서로 가장 가까이 있을 때가…… 우리 둘이 저마다 서로를 잊고 하느님께 기도드리는 때라고 생각하지 않아?"

"그래. 그래서 우리를 결합시켜 주십사고 나는 밤낮으로 기도하고 있어."

나는 얼른 그녀의 말을 가로챘다.

"하느님 품안에서 결합한다는 게 무슨 뜻인지 모르는 거야?"

"잘 알고 있어. 그것은 두 사람이 말이야, 자신들이 찬양하는 동일한 것 속에서 서로를 찾는 걸 말해. 네가 찬양하

는 것을 나 역시도 찬양하는 것은 바로 그걸 찾기 위해서
일 거야."

"너의 찬양은 순수하지 못해."

"너무 나를 궁지에 몰아넣지 마. 천국이라 해도 내가 거기
서 널 찾지 못한다면 그게 무슨 소용이 있겠어."

그녀는 손가락 하나를 입술에 갖다 대더니 약간 엄숙한 투
로 말했다.

"너희는 먼저 하느님의 나라와 그 의를 구하라."

우리들이 주고받던 대화를 여기에 옮기다 보니, 아이들이
이렇게 심각한 이야기를 얼마나 애써서 하는가를 모르는 사
람들의 눈에는 이런 이야기가 조금도 어린애답지 않게 보일
수도 있다는 생각이 들었다.

그러나 어쩔 것인가? 변명이라도 해야 한단 말인가? 하지
만 나는 우리의 대화를 좀 더 자연스럽게 보이기 위해서 꾸며
서 말하고 싶진 않다.

우리는 라틴어판 복음서를 구해서 긴 구절들을 외곤 했
다. 동생 로베르를 도와준다는 구실로, 알리사는 나와 함께
라틴어 공부를 했다. 그러나 내 짐작으로는 오히려 내 독서

를 따라오기 위해 하지 않았나 싶다. 그리고 사실 그녀가 따라올 것 같지 않은 공부는 나도 별로 마음 내켜하지 않았을 것 같다.

혹여 이것이 때때로 내게 방해가 되었다 할지라도, 남들이 생각하듯이 내 정신적인 비약을 저해하지는 않았다. 오히려 그 반대로, 그녀는 어디서나 자유롭게 나보다 앞서고 있는 것 같았다.

그러나 나의 마음은 그녀를 따라 방향을 정해 접어들었다. 뿐만 아니라 그 당시 우리의 마음을 사로잡고 있었던 것, 우리가 '사색'이라 부르던 것도 좀 더 그럴듯한 마음의 일치에 대한 하나의 구실, 감정의 가장 또는 사랑을 덮어 두려는 겉치레에 지나지 않았다.

어머니는 알리사에 대한 나의 감정의 깊이를 알지 못했기 때문에, 처음에는 무척 염려하시는 것 같았다. 그러나 차츰 기력이 약해짐에 따라, 우리 두 사람을 모성애로써 감싸 주고 싶어하셨다.

어머니는 오래전부터 앓고 계시던 심장병이 점점 심해졌다. 그러던 어느 날 , 발작으로 몹시 고통스러워하던 어머니가 나를 곁으로 부르셨다.

"애야, 너도 보다시피 나도 이제는 기력이 없다. 언제 갑자기 너를 두고 가 버리게 될지……."

숨이 가빠지는지, 어머니는 잠시 말을 끊으셨다.

그때 문득…… 내가 먼저 말을 해 주기를 어머니께서 기다릴지도 모른다는 생각이 들어, 더 참지 못하고 부르짖듯이 쏟아 내고 말았다.

"어머니, 알고 계셨지요? 저는 알리사하고 결혼하고 싶어요."

그러자 내 말이 어머니의 가슴속에 있던 생각과 바로 이어졌는지, 어머니가 곧 이렇게 말씀하셨다.

"그래. 내가 하려던 이야기가 바로 그거다, 제롬."

"어머니! 알리사도 날 좋아하죠? 그렇죠?"

나는 흐느끼면서 말했다.

"그럼 애야. 그렇고 말고."

어머니는 몇 번이나 다정한 목소리로 '그럼 애야.' 하고 반복하셨다.

어머니는 말하는 것 자체가 몹시 힘들어 보였다. 그런데도 이렇게 덧붙여 말씀하셨다.

"모든 것은 하느님께 맡겨야 해."

그리고는 어머니 곁에서 고개를 숙이고 있는 내 머리 위에 손을 얹으며 다시 말씀하셨다.

"하느님께서 너희를 보호하여 주시기를……. 하느님께서 너희를 보호하여 주시기를……."

그런 다음 이내 잠 속으로 빠져 들어가셨다. 나는 일부러 깨우려고 하지 않았다. 하지만 어머니는 이 이야기를 두 번 다시 꺼내지 않았다.

그 다음 날은 어머니의 기분도 좀 나아졌고, 나는 또다시 학교로 되돌아갔다. 그러다 보니 절반밖에 못한 가슴속 이야기는 또다시 침묵에 뒤덮였다. 게다가 그 이상 내가 무엇을 알 수 있었겠는가?

알리사가 나를 사랑한다는 사실은 조금도 의심할 여지가 없었다. 당시에 내가 그 점에 대해 다소 미심쩍어했다 하더라도, 뒤이어 슬픈 사건이 일어났을 즈음에는 그러한 의심조차도 내 마음속에서 사라지고 말았던 것이다.

어느 날 저녁, 어머니는 미스 애슈버튼과 내가 지켜보는 앞에서 아주 조용히 운명하셨다.

어머니의 생명을 앗아간 마지막 발작은, 처음에는 그 이전의 발작에 비해 그다지 심한 것 같지 않았다. 임종에 가까워서야 위험한 증세를 보였기 때문에 친척들에게 연락할 틈이 없었다. 그리하여 임종 전에 아무도 달려오지 못했다.

첫날 밤, 나는 어머니의 옛 친구 곁에서 이 소중한 분의 주검을 지키면서 새웠다.

나는 어머니를 생전에 깊이 사랑했다. 그러나 눈물을 하염없이 흘리면서도 마음속에서 깊은 슬픔을 느끼지 못하는 데 스스로 놀랐다.

내가 눈물을 흘린 것은, 자기보다 훨씬 나이가 적은 친구를 자기보다 앞서 하느님 곁으로 보내게 된 미스 애슈버튼이 측은하게 여겨졌기 때문이었다.

다른 한편으론, 어머니가 돌아가심으로써 사촌 누이가 보다 서둘러 내게 오리라는 숨은 생각이 나의 슬픔을 억누르고 있었다.

다음 날, 외삼촌이 오셨다. 외삼촌은 알리사의 편지를 내게 전해 주셨다.

그녀는 그 다음날 퐁그티에 이모와 같이 왔다.

……제롬, 나의 벗, 나의 동생에게.

기다리고 계시던, 큰 만족을 드릴 수 있었을 몇 마디 말을 돌아가시기 전에 드리지 못한 것이 얼마나 마음 아픈지 몰라.

이제는 어머님께서 나를 용서해 주시고, 앞으로는 하느님께서 우리를 인도해 주시길 빌 뿐이야.

그럼 안녕히……. 내 가엾은 벗!

— 어느 때보다도 더욱 다정한 너의 알리사

이 편지는 무엇을 뜻하는 것이었을까? 여쭙지 못해서 마음이 아프다는 그 몇 마디 말이란, 바로 우리 두 사람의 앞날을 기약하는 말이 아니고 무엇이랴!

그러나 나는 아직 너무도 어렸기 때문에 단박에 구혼을 하려 들지는 못했다. 그 외에 그녀와 무슨 약속이 필요했던가……? 우리는 이미 약혼한 사이나 다름없지 않은가?

어머니와 마찬가지로 외삼촌도 거기에 아무런 이의가 없었다. 오히려 외삼촌은 벌써부터 나를 당신의 아들처럼 다정하게 대해 주고 있었다.

그로부터 며칠 후에 시작된 부활절 방학을 나는 르아브르

에서 보냈다. 그동안 플랑티에 이모님 댁에서 묵었지만 식사
는 거의 뷰콜렝 외삼촌 댁에서 했다.

펠리시 플랑티에 이모는 더할 나위 없이 훌륭한 분이셨지
만, 내 사촌 누이들과 나는 그리 친숙하게 지내지 못했다. 늘
숨이 턱에 닿을 정도로 분주하게 지내셨는데, 상냥함이나 부
드러움과는 거리가 멀었다. 그러면서도 우리들이 귀여워서
죽겠다는 듯 귀찮을 정도로 쓰다듬곤 했다.

뷰콜렝 외삼촌은 이모를 퍽 좋아했지만, 이모와 이야기하
는 목소리만으로도 외삼촌이 얼마나 우리 어머니를 좋아했었
는지를 넉넉히 짐작할 수 있었다.

어느 날 저녁, 이모가 나에게 이야기를 꺼냈다.

"얘야. 네가 올 여름에 뭘 할 작정인지 모르지만, 내가 할
일을 결정하기 전에 네 생각부터 좀 알았으면 좋겠다. 혹 내가
도움이 될 수 있을까 해서 말이다."

"아직 별로 생각해 보지 못했어요. 그냥 여행이나 해 볼까
생각합니다."

나는 대답했다.

이모가 말을 이었다.

"잘 알겠지만, 퐁그즈마르와 마찬가지로 네가 우리 집에 오는 것은 언제든 환영이다. 하긴 거기에 가면 외삼촌이랑 줄리엣이 반가워하겠지만……."

"알리사 말씀이죠?"

"참 그렇구나! 미안하다. 네가 좋아하는 애를 줄리엣이라고 짐작하고 있었거든. 네 외삼촌이 이야기해 주기 전까지는……. 그게 아직 한 달도 채 못 됐다. 알다시피 난 너희를 퍽 사랑하지만, 너희들 성격이나 생각은 잘 알지 못하잖니. 너희들을 만나 볼 기회가 별로 없었으니 말이다. 게다가 난 뭘 꼼꼼하게 살피는 성격이 아닌데다 나와 관계없는 일에는 관심이 없거든. 내가 볼 때마다 네가 노상 줄리엣하고만 놀기에, 그럴 거라고 생각한 거지. 그 애는 정말 예쁘고, 성격도 활발하니까……."

"네, 저는 여전히 그 애하고 잘 지내요. 하지만 제가 좋아하는 사람은 알리사예요."

"아무렴! 누구를 좋아하건, 그건 네 마음이지. 난 그 애를 전혀 모른다고 해도 과언이 아니니까. 그 앤 동생보다 말수가 적고 해서 말이야. 어쨌든 네가 그 애를 선택했다면, 그럴 만한 이유가 있겠지."

"이모님, 제가 알리사를 좋아하는 건 선택의 문제가 아닙니다. 그리고 또 특별한 이유가 있는 것도 아니고요."

"화낼 거 없다, 제롬. 딴 뜻이 있어서 한 말은 아니니까……. 네 말을 듣다 보니, 무슨 말을 하려 했는지 깜빡 잊었구나. 참…… 그렇지! 결국 만사는 혼인을 해야 끝이 나는 건데, 네 어머니의 상중이라 청혼을 할 수도 없지 않니? 예법대로 하면 말이다. 게다가 넌 또 아직 어리고……. 그래 내 생각에, 이젠 어머니와 함께 가 있는 것도 아니까 말이야…… 네가 퐁그즈마르에 가 있는 것이 남 보기에 좋지 않을 것 같아서……."

"제가 여행 이야기를 한 것도 바로 그 때문입니다."

"그랬구나. 얘야, 그러니 말이다. 내가 함께 가 있으면 만사가 순조롭지 않을까 싶어……. 그래서 이번 여름 한 달 동안만은 나도 짬이 나도록 계획을 세웠단다."

"제가 부탁하면 미스 애슈버튼이 와 줄 텐데요."

"그 사람이 와 주리라는 건 나도 알고 있다. 하지만 그것만으론 충분치가 못해! 나도 함께 가 줄게. 그렇다고 내가 가엾은 어머니를 대신하겠다는 건 아니야."

이모는 말을 하다 말고 갑자기 흐느꼈다.

"난 단지 집안일이나 돌볼까 하고⋯⋯. 그러면 너나 외삼촌이나 알리사도 거북하지는 않을 테니 말이다."

펠리시 플랑티에 이모는 자신이 와서 있는 일의 효과를 잘못 생각하고 있는 것 같았다. 사실, 우리가 거북함을 느꼈다면 그건 이모 때문인데 말이다.

하지만 이모는 얘기한 대로 7월부터 퐁그즈마르에 와 있었고, 미스 애슈버튼과 나도 곧 뒤따라왔다.

이모는 집안일을 하는 알리사를 거들어 준다는 구실로, 조용하던 집안을 끊임없이 시끄럽게 만들었다. 우리 마음을 편안하게 해 주려고, 또 이모 말을 빌면 '만사를 수월하게' 하기 위해서 하는 일이 다소 지나쳤다. 그러다 보니 알리사와 나는 이모 앞에서 늘 거북해하면서 반벙어리가 될 수밖에 없었다.

우리의 그런 태도를 보고, 이모는 우리가 퍽 쌀쌀하다고 생각했을지도 모른다. 하지만 설사 우리가 잠자코 있지 않았다 해도, 우리의 사랑이 어떤 성질의 것인지 이모가 이해할 수 있었을까?

반대로, 줄리엣의 성격은 호들갑스런 이모와 잘 어울렸다. 이모가 작은 조카딸을 유별나게 귀여워하는 것을 보면서, 나도 모르게 어떤 반감이 생겼던 것 같다. 그러다 보니 이모에 대한 정이 다소 줄어든 것처럼 느껴지기도 했다.

어느 날 아침 우편물을 받고 나서 이모가 나를 불렀다.

"제롬, 정말 딱하게 됐다. 딸아이가 아프다고 나를 부르니, 어쩔 수 없이 너를 두고 가 봐야겠구나."

나는 부질없는 걱정에 사로잡혀, 외삼촌을 보러 갔다. 이모가 떠난 후에도 그대로 퐁그즈마르에 머물러도 괜찮은지를 몰랐기 때문이었다. 그러나 말을 꺼내자마자 외삼촌이 버럭 소릴 질렀다.

"자연스러운 일들을 누이는 왜 또 복잡하게 생각하는 거야……? 제롬, 넌 무엇 때문에 우리 곁을 떠나겠다는 거냐? 너는 이제 내 자식이나 다름없지 않니?"

이모는 단지 두 주일을 퐁그즈마르에 머물렀을 뿐이다.

이모가 떠나자 집안은 다시 잠잠해졌다. 행복과도 같은 고요함이 다시 집안에 깃들기 시작했다.

내가 당한 어머니의 상이 우리의 사랑을 흐리기는커녕 더욱 깊게 해 주었다.

메아리가 잘 울리는 곳에서처럼, 우리 마음의 작은 움직임도 서로에게 또렷이 전달되면서 잠잠히 흐르는 생활이 시작된 것이었다.

이모가 떠나고 며칠이 지난 어느 날 저녁, 우리는 식탁에 앉아 이모 이야기를 했다. 지금도 그것이 소상하게 생각난다.

"왜 그렇게 법석을 떠는지……. 인생의 파도가 아직도 이모님의 영혼에 휴식을 줄 수 없는 건가? 아름다운 사랑의 모습이여, 그의 그림자는 이제 무엇이 되었느냐?"

이 말은…… 괴테가 슈타인 부인을 두고 '이분의 영혼 속에 비치는 세상은 보기에도 아름다우리라.'고 쓴 말이 생각났기 때문에 한 것이었다.

그러고 나서 우리는 대번 무슨 등급 같은 것을 정하고, 가장 으뜸가는 등급은 명상의 능력이라는 판단을 내렸다.

그때까지 잠자코 계시던 외삼촌이 쓸쓸히 웃으면서 이야기를 이으셨다.

"애들아, 비록 부서져 있다 하더라도 하느님은 당신의 모습을 알아보신단다. 우리는 사람의 일생 중에 어느 한 시기 만을 가지고 그 사람을 판단하지 않도록 조심해야 해. 너희 들이 싫어하는 이모의 그런 점은 여러 가지 사건 때문에 그런 거야. 나는 그런 사건을 너무나 잘 알고 있어서인지 너희들처럼 가혹하게 이모를 비난할 수가 없단다. 젊은 시 절에 남들이 좋아하는 성격도, 늙어 갈수록 변할 수 있으니 까……. 지금 너희들이 '분주함'이라고 부르는 펠리시 플랑 티에 이모의 성격도 처음에는 생기발랄하고 귀엽고 여겨지 는 것이었어. 그리고 생각나는 대로 해 버리는 성격도 소탈 하다든가 애교가 있다고 보이기도 했거든. 우리도 지금의 너희들과 다르지 않았을 거야. 제롬, 나는 너와 퍽 비슷했 었지. 아마 지금 내가 느끼는 것보다 훨씬 더 비슷했었을 지도 몰라. 그리고 플랑티에 이모는 지금의 줄리엣과 아주 비슷했어. 그래, 몸맵시까지도……."

외삼촌은 문득 줄리엣을 돌아보면서 말했다.

"네 목소리를 들으면 네 이모가 거기 있다고 생각될 때가 적지 않아. 웃는 모습도 너와 같았지. 그리고 이건 얼마 안 가서 없어졌지만, 가끔 의자에 앉아서 팔꿈치를 짚은 채 깍지

낀 두 손을 이마에다 대곤 가만히 있곤 했었어.”

미스 애슈버튼이 나를 돌아보더니, 속삭이듯이 낮은 목소리로 말했다.

“네 어머니 모습을 지닌 것은 알리사야.”

그해 여름은 눈부시도록 아름다웠다. 만물에 푸른 하늘이 스며든 것 같았다. 우리의 열정은 불행도 죽음도 극복하고 있었다. 어둠은 우리 앞에서 물러났다.

아침마다 새로운 기쁨이 나를 깨웠다. 동틀 무렵이면 일어나서 해를 맞으러 달려가곤 했다. 지금도 그 시절을 회상해보면, 이슬에 젖어 있던 새벽이 눈앞에 떠오른다.

늦도록 자지 않는 습관이 있었던 알리사에 비해 아침 일찍 일어나는 줄리엣은 나와 함께 정원으로 내려가곤 했다. 자기 언니와 나 사이에서 그녀는 심부름꾼 역할을 하고 있었다.

나는 끊임없이 그녀에게 우리의 사랑을 이야기했고, 그녀도 내 이야기에 싫증내는 것 같지 않았다.

알리사 앞에서는 너무나 감정이 벅차올라 망설여지던 이야기도 줄리엣에게는 곧잘 털어놓았다. 알리사도 나의 이런 철

없는 짓을 눈치챈 것 같았다. 우리가 자기에 관한 이야기를 하고 있다는 사실을 몰랐는지 혹은 모르는 척한 것인지 확실하지 않지만, 아무튼 내가 자기 동생 앞에서 신이 나서 이야기하는 모습이 재미있는 모양이었다.

오, 사랑의 오묘함이여! 벅찬 사랑의 가장된 미묘함이여!

어떤 비밀의 길을 거쳐 그대는 우리를 웃음에서 눈물로, 가장 천진한 기쁨에서 덕행의 요구로 이끌어 가는가!

그 여름이 너무도 맑게, 너무도 매끄럽게 가 버렸기 때문에 나는 그 흘러가 버린 날들에 대해 이제 아무런 기억도 잡아낼 수가 없다. 그 무렵에 있었던 일로 기억되는 것은 단지 이야기와 독서뿐⋯⋯.

방학이 끝날 무렵의 어느 날 아침, 알리사가 내게 말했다.

"슬픈 꿈을 꾸었어. 난 살아 있는데, 넌 죽어 있었어. 그렇다고 네가 죽는 걸 본 건 아냐. 단지 네가 죽어 버렸다는 거야. 정말 무서웠어. 그건 너무나도 터무니없는 일이어서, 네가 잠시 어디 가고 없는 것이라고 맘먹기로 했어. 우리가 떨어져 있기는 했지만, 반드시 다시 만날 길이 있다고 생각했어. 어떻게 하면 그 길을 알아낼 수 있을까 하고 안간힘을 쓰다가 잠이 깼어. 아침에도 그 꿈을 계속 꾸고 있는 것 같았어. 여전히 너와 떨어져 있는 것 같았고, 앞으로도 오래오래……."

알리사는 잠시 침묵을 지키다가, 낮은 소리로 덧붙여서 말했다.

"일생 동안 떨어져 있게 될 것 같았어. 그리고 일생 동안 몹시 애를 써야 될 것 같았고……."

"어째서?"

"우린 저마다 서로를 만나기 위해 몹시 애써야만 할 것 같았어."

나는 그녀의 이야기를 정색해서 받아들이지 않았다. 아니, 심각하게 받아들이는 것이 두려웠다.

나는 가슴을 두근거리며 그녀에게 반박이나 하려는 듯이 갑자기 용기를 내어 이렇게 말했다.

"그런데 난 말이야……. 오늘 아침에 꿈을 꿨는데, 어찌나 너와 결혼하려고 했던지……. 죽음밖에는 아무것도 우리를 떼어 놓지 못할 것 같던데."

"제롬, 너는 죽음이 우리를 떼어 놓을 수 있으리라 생각해?"

그녀가 내 말을 받았다.

"말하자면······."

"나는 오히려 죽음이 더 가까이 묶어 줄 것 같은 생각이 드는데······. 그래, 생전에 떨어져 있던 것을 가깝게 해서 묶어 줄 거야."

이 모든 이야기는 골수에까지 사무쳐, 지금도 그 말의 억양까지 재생될 듯하다.

그러나 나는 그 말이 지닌 중대한 뜻을 훨씬 후에야 깨닫게 되었던 것이다.

여름은 끝나가고 있었다.

벌써 들판은 대부분 텅 비어 있었고, 시야는 허전하게 느껴질 정도로 넓어졌다. 내가 떠나기 전날, 아니 그 전전날 줄리엣과 같이 나는 아래 정원에 있는 숲으로 내려가고 있었다.

"어제 저녁 알리사에게 암송해 준 시가 뭐였어?"

줄리엣이 물었다.

"언제 말이야?"

"그 폐광 벤치에서 말이야. 둘이만 남겨 놓고 우리가 먼저

와 버렸을 때……."

"아아, 보들레르의 시 구절이었을 거야."

"어떤 건데? 내게는 말해 주고 싶지 않은 모양이지?"

"머지않아 우리는 차가운 어둠 속에 잠기리니……."

나는 별로 내키지 않는 기분으로 시작했다.

그러자 그녀가 곧 여느 때와 달리, 떨리는 목소리로 받아 읊었다.

"잘 있거라! 너무나도 짧았던 우리들 여름의 화려한 빛이 여!"

"아니, 너 그걸 알고 있었니? 넌 시를 좋아하지 않는 줄 알았는데……."

순간, 나는 너무 놀라 소리쳤다.

"왜? 오빠가 내게 읊어 주지 않아서? 오빠는 때때로 나를 바보 취급하는 것 같아."

그녀는 웃으면서 다소 부자연스럽게 대답했다.

"아주 총명하지만, 시를 좋아하지 않는 사람도 있거든. 난 한 번도 네가 시 이야기를 하는 걸 들어 보지 못했고, 또 너도 나한테 시를 읊어 달라고 부탁해 본 적이 없잖아?"

"그야 알리사가 도맡고 있으니까……."

그녀는 잠시 말이 없더니, 불쑥 물었다.

"모레 떠나는 거야?"

"그래야 될 것 같아."

"올겨울에는 뭘 할 거야?"

"고등사범학교 1학년이 되어야지, 뭐."

"알리사하고는 언제 결혼할 거야?"

"병역을 마치기 전에는 안 되겠지. ……그리고 그다음에 내가 하고 싶은 것을 더 잘 알게 되기 전에는 안 할 생각이야."

"오빠 그걸 아직도 모르고 있어?"

"아직 알고 싶지도 않아. 마음 끄는 일이 너무나 많아서 말이야. 무엇이든 하나를 택해서 그것에만 몰두해야 하는 시기를 난 될 수 있는 대로 미룰 생각이야."

"약혼을 미루는 것도…… 생활이 고정될까 두려워서야?"

나는 말없이 어깨만 으쓱해 보였다. 그러자 그녀가 다그치듯이 물었다.

"그럼 왜 약혼을 미루고 있어? 왜 당장 약혼하지 않는 거야?"

"구태여 약혼할 필요가 어디 있니? 세상 사람들에게 알리지 않더라도, 우리가 서로의 것이고 앞으로도 영원히 서로의 것이라는 것만 알고 있으면 되는 것 아냐? 나는 내 삶을 그녀에게 바치려고 하는데, 내 애정을 무슨 약속 따위로 묶어 놓을 필요가 어디 있겠어? 난 그렇게 생각하지 않아. 맹세 같은 건 사랑에 대한 모독이라고 생각해. 내가 알리사를 믿고 있는 한 나로선 약혼해 두고 싶지 않아."

"내가 믿지 못하는 건 알리사가 아니라……."

우리는 천천히 걸었다. 그러나 내가 뜻하지 않게 알리사와 그 아버지의 대화를 엿들었던 정원까지 왔다.

그러자 불현듯 좀 전에 정원 쪽으로 나가던 알리사가 어쩌면 지금쯤 그 둥그런 갈림길에 앉아 우리가 하는 이야기를 들을지도 모른다는 생각이 들었다.

그러자 알리사에게 직접 하지 못하던 이야기를 그녀에게 들어가도록 할 수 있을지도 모른다는 생각이 내 마음을 유혹했다.

내가 꾸민 생각에 신이 나서 소리를 높여 말했다.

"아아! 사랑하는 이의 영혼 위에 몸을 굽혀 그 영혼 속에 비치는 자신의 모습이 어떤 것인지, 마치 거울을 보듯이 들여

다볼 수만 있다면! 상대방의 마음속에서도 자기 자신 속에서처럼, 아니 자기 자신 이상으로 사랑하는 이의 마음을 읽을 수만 있다면, 얼마만한 아늑함이 애정 속에 깃들까! 또 그 사랑은 얼마나 더 순수해질까……."

나는 내 나이 또래의 아이들이 흔히 하는, 다소 과장된 어조로 감격에 겨워 외쳤다. 그리고 내 자신의 이야기에 너무나 열중한 나머지, 줄리엣이 하는 말 속에 그녀가 입에 올리지 않고 있는 이야기가 무엇인지를 깨닫지 못했다.

줄리엣이 쓰라린 표정을 짓는 것을 보고, 나는 그것이 내가 늘어놓은 이 값싼 시정이 자아낸 효과라 생각하며 흡족해했다. 얼마나 위험한 자만심이란 말인가.

이때 줄리엣이 갑자기 내 어깨에 얼굴을 파묻더니, 이렇게 말하는 것이었다.

"제롬, 제롬, 꼭 알리사를 행복하게 해 준다고 다짐해 줘. 만일 오빠로 인해 언니가 괴로워하는 일이 있게 된다면 난 정말로 오빠를 미워할 것 같아."

"하지만 줄리엣. 만약 그런 일이 생긴다면, 먼저 나 자신을 증오하게 될 거야. 그걸 네가 알아줬으면 좋겠어. 내가 아직 앞길을 결정하지 않고 있는 것은, 오직 알리사와 함께 좀 더 훌륭한 생활을 하고 싶어서 그러는 거야! 아무튼 나는 나의 앞날을 알리사에게 모두 걸어 놓고 있는 거야! 만약 알리사 없이도 될 수 있는 것이 있다면, 난 어떤 것도 하고 싶지 않아."

나는 그녀를 끌어안아 이마를 쳐들면서 말했다.

"오빠가 그런 이야기를 하면, 알리사는 뭐라고 해?"

"하지만 난 그런 얘길 알리사에겐 전혀 하질 않아. 우리가 아직 약혼을 하지 않은 것도 그 때문이야. 결혼이라든가 또 그다음에는 뭘 할 것인가 하는 것에 대해서 우린 아직 한 번도 이야기해 본 적이 없어. 아, 줄리엣! 알리사와 함께 있는 삶이 얼마나 행복하게 생각되는지, 나는 감히 말로 표현할 수가 없어. 줄리엣, 이해하겠니? 그녀에겐 감히 그런 이야기를 할 수가 없어."

"갑자기 알리사를 행복하게 해 주고 싶어서?"

"아니, 그게 아니야. 단지 두려워……. 알리사가 겁낼까 봐. 알겠니……? 내가 예상하는 엄청난 행복에 알리사가 겁내지 않을까 두려워! 언젠가 알리사에게 여행하고 싶지 않느냐고 물어본 적이 있어. 알리사는 아무것도 바라지 않는다고 했어. 단지 그러한 나라들이 있고, 그렇게 아름다운 나라들에 사람들이 갈 수 있다는 것을 아는 것만으로 충분하다는 거야."

"오빠는 여행하고 싶어?"

"어디든지 다 가 보고 싶어! 내게는 삶 자체가 긴 여행으로만 여겨지거든. 알리사와 더불어 여러 가지 책과 온갖 사람들과 여러 나라를 거쳐 가는 긴 여행……. 줄리엣, 너는 '닻을 올려라.'라는 말이 무엇을 뜻하는지 생각해 본 적 있니?"

"그럼. 때때로 생각하는걸."

줄리엣이 중얼거리듯 말했다.

그러나 나는 그녀 말에 별로 귀를 기울이지 않은 채, 그녀의 말이 마치 상처받은 새처럼 땅에 떨어지도록 내버려 둔 채 말을 계속했다.

"밤에 떠난다. 여명의 눈부신 햇살 속에서 잠을 깬다. 불안스런 파도 위에서 단둘임을 느낀다……. 그러고는 아주 어렸을 때 지도에서 보았던 어느 항구에 도착한다. 거기에서는 온갖 것이 낯설고……."

"오빠가 팔에 기댄 알리사와 함께 배에서 발판으로 내려오는 모습이 보이는 것 같아."

"우리는 바로 우체국으로 가서……."

나는 웃으면서 덧붙였다.

"줄리엣이 우리에게 부쳐 준 편지를 찾고……."

"이 줄리엣이 남아 있는 퐁그즈마르에서 부친 편지 말이
지? 아마도 오빠와 언니에게는 퐁그즈마르가 작고 쓸쓸하고
까마득하게 여겨질 거야……."

이것이 분명 그녀의 말이었는지 나는 단언할 수가 없다.
왜냐하면 내 마음이 온통 사랑으로 가득 차 있어서, 사랑의
표현 말고는 아무 이야기도 귀에 들어오지 않았기 때문이다.

우리는 둥그런 갈림길 근처에 다다랐다. 막 발길을 돌리려
는 순간, 별안간 그늘에서 알리사가 나타났다.

그녀의 안색이 너무나도 창백하여, 줄리엣은 소스라치게
놀라며 소리쳤다.

"정말 몸이 이상해. 바람이 차서 들어가려던 참이야."

알리사가 중얼거리듯이 말했다.

그러고는 곧 우리 곁을 떠나 빠른 걸음으로 집을 향해 걸어
가 버렸다.

"우리가 하던 이야기를 들었어."

알리사가 좀 멀어지자마자 줄리엣이 소리쳤다.

"하지만 알리사가 기분 상할 이야기는 없었어. 반대로
……."

"가 봐야겠어."

언니 뒤를 쫓아가면서 줄리엣이 말했다.

그날 밤 나는 잠을 이룰 수가 없었다. 알리사는 저녁 식사
시간에 나타났지만, 곧 골치가 아프다고 하면서 자신의 방으
로 돌아갔다.

그녀는 우리의 대화에서 무엇을 들었던가? 그리하여 나는
걱정스럽게 우리가 하던 말을 떠올려 보았다.

그리고 내가 줄리엣의 팔을 감고 있었다는 것이 아마 잘
못이었는지 모른다는 생각을 해 보았다. 그러나 그러한 행
동은 어릴 때부터 우리가 늘 하던 버릇이 아닌가. 게다가
알리사는 이미 몇 차례나 우리가 그런 자세로 걷는 것을
보지 않았는가.

아! 나는 스스로의 잘못을 열심히 찾고 있으면서도, 내가

귀담아 듣지 않아 기억조차 할 수 없는 줄리엣의 말을 알리사가 나보다 더 잘 알아들었을지도 모른다는 생각은 단 한 번도 하질 못했다. 아아, 나는 얼마나 우둔한 장님이었던가.

그렇다고 설마 무슨 일이야……. 불안하고 초조한 마음으로 갈피를 잡지 못한 채, 알리사가 나를 의심할지 모른다는 생각에 겁이 난 나는 또 다른 위험이라고는 생각지도 않고서 다음 날 약혼을 해 버리기로 결심했다.

그런 결단을 내린 것은, 어쩌면 줄리엣이 나에게 했던 이야기에 마음이 흔들렸기 때문인지도 모른다.

내가 떠나기 전날이었는데, 알리사가 슬픈 표정을 짓고 있는 것도 그 때문이려니 했다. 하지만 왠지 그녀가 나를 피하는 것 같았다.

단둘이서는 만나지도 못한 채 하루가 지나가자, 서로 이야기도 나눠 보지 못하고 떠나게 되지 않을까 두려워졌다. 나는 저녁 식사 시간 조금 전에 그녀의 방으로 갔다.

그녀는 산호 목걸이를 걸고 있는 중이었는데, 그것을 걸어 매려고 두 팔을 올린 채 등을 문 쪽으로 돌리고서 두 개의 촛불 사이에 있는 거울 속을 어깨너머로 들여다보고 있었다.

그녀가 나를 본 것은 거울 속에서였다. 그녀는 돌아보지도 않은 채, 얼마 동안 그대로 나를 응시하고 있었다.

"어머! 문이 닫혀 있지 않았니?"

그녀가 아무런 감정 없이 말했다.

"노크를 했는데 대답이 없었어. 알리사, 내가 내일 떠나는 걸 알고 있어?"

그녀는 아무 대답도 하지 않으면서, 끝내 걸어 매지 못한 목걸이를 벽난로 위에 놓았다.

'약혼'이란 말이 너무나 직접적이고 거칠게 여겨졌기 때문에, 나는 생각나는 대로 에둘러서 말했다.

그녀는 나의 말뜻을 알아듣는 순간 휘청거리면서 벽난로에 몸을 기댔다. 그러나 나는 너무나 떨렸기 때문에 그녀를 쳐다보는 것을 피하고 있었다.

나는 그녀 곁에서, 눈을 들지 않은 상태로 그녀의 손을 잡았다. 그녀는 뿌리치지는 않았지만, 얼굴을 약간 숙이면서 내 손을 들어올리더니 자신의 입술에 갖다 댔다. 그리고는 몸을 반쯤 내게 기댄 채 중얼거리듯 말했다.

"제롬, 아니야! 약혼하지 말자. 제발⋯⋯."

내 심장이 심하게 뛰고 있는 것을, 그녀도 분명히 느꼈을 것이다. 그녀는 한결 다정스럽게 말했다.

"안 돼! 아직은⋯⋯."

내가 "왜?" 하고 묻자, 그녀가 되물었다.

"왜라니? 묻고 싶은 건 나야. 이 상태를 왜 바꾸려는 거야?"

나는 감히 그 전날의 이야기를 꺼낼 용기가 나지 않았다. 그러나 그녀는 분명히 내가 그것을 생각하고 있다고 느낀 모양이었다.

그녀는 내 생각에 답하듯, 나를 똑바로 바라보며 이렇게 말했다.

"오해하고 있는 것 같아, 넌. 나는 그렇게까지 행복해질 필요가 없어. 이대로도 우린 행복하지 않니?"

그녀는 애써 미소를 지으려고 했다.

"그렇지 않아. 널 두고 떠나야 하니까."

"이봐, 제롬. 오늘 저녁엔 이야기를 못 하겠어. 우리의 마지막 순간을 망치지 말자⋯⋯. 아냐, 아냐. 난 한결같이 널 사랑하고 있어. 안심해. 내가 편지 쓸게. 그리고 이유를 설명할게.

꼭 쓸게, 내일이라도……. 네가 떠나면 바로……. 자, 이젠 가! 어머나, 우는 것 좀 봐……. 제롬, 그만 가 줘."

알리사는 나를 밀어내더니 조용히 몸을 빼냈다. 그리고 그것이 우리의 작별이었다.

그날 저녁 나는 그녀에게 한 마디 말도 못했고, 이튿날 내가 떠날 때도 그녀는 자기 방에서 나오지 않았다.

내가 탄 마차가 멀어져 가는 것을 창가에서 바라보며 작별의 손짓을 하고 있는 그녀를, 나는 멍하니 쳐다보았다.

3

나는 그해에는 아벨 보티에를 거의 만나 보지 못했다. 그는 징집되기 전에 지원 입대를 한 것이었고, 나는 수사학급 강의를 한 번 더 들으면서 학사 시험을 준비하고 있었다. 아벨보다 두 살 아래인 나는 우리가 그해 입학할 예정이었던 고등사범학교를 졸업할 때까지 병역을 연기해 둔 상태였다.

우리는 반갑게 다시 만났다. 제대 후 그는 한 달 이상이나 여행을 했다.

나는 그가 변하지 않았을까 걱정했지만, 그는 좀 더 침착해졌을 뿐 여전히 매력을 잃지 않고 있었다.

개학하기 전날 오후, 뤽상부르 공원에서 함께 산책하면서 나는 혼자 간직하고 있던 내 사랑 이야기를 더 이상 감추지 못하고 다 털어놓고 말았다. 하긴 그도 이미 그 사실을 알고 있었다.

그해 몇몇 여인과의 경험이 있었던 그는 약간의 자만심으로 선배 행세를 하려 들었지만, 나는 조금도 불쾌하지 않았다. 그는 나에게 이른바 마지막 말이란 것을 적절하게 할 줄 몰랐다고 빈정대면서, 여자를 마음이 변하도록 내버려 둬서는 절대로 안 된다는 것은 하나의 원칙이라는 식으로 설명을 늘어놓았다.

나는 그가 지껄이도록 내버려 두긴 했지만, 그의 훌륭한 이론이 나나 알리사에게는 전혀 부질없는 것이라고 생각했다. 그러면서 그가 우리를 잘 이해하지 못하고 있다는 것을 스스로 드러내고 있는 것이라고 결론지었다.

우리가 도착한 이튿날, 나는 알리사의 편지를 받았다.

그리운 제롬!

나는 네가 제안한 것을 곰곰이 생각해 보았어. ― 내가 제안한 것! 우리의 약혼을 이렇게 부르다니……. ― 나는 내가 너에 비해 나이가 많은 것이 두려워.

너는 아직 다른 여자들을 사귈 기회가 없었으니까 그렇게 생각되지 않을 거야. 그렇지만 내 생각일지 모르지만, 내가 너의 것이 되고 나서 네 마음에 들지 못한다면 무척 괴로울 거야.

편지를 읽으면서 무척 화를 내겠지. 네가 항변하는 모습이 눈에 선하다. 하지만 네가 좀 더 인생에 대해서 많은 것을 알게 될 때까지 기다려 달라고 부탁하는 거야.

이런 말을 하는 것도 오직 너를 위해서라는 것을 이해해 주었으면 좋겠어. 나로서는 너를 사랑하지 않게 될 수는 결코 없으리라는 걸 확신하니까……

― 알리사

사랑하지 않게 된다고! 그것이 새삼스럽게 문제가 될 수 있을까?

나는 서글퍼지기보다도 오히려 어리벙벙했고, 너무나 당황스러울 뿐이었다.

너무 기가 막힌 일이었기 때문에, 나는 이 편지를 아벨에게 보여 주러 달려갔다.

"그래서 넌 어쩔 셈인데?"

아벨은 입술을 꾹 다문 채 편지를 읽고 나서, 머리를 흔들며 말했다. 나는 불안과 슬픔에 차서 두 손을 들고 말았다.

"어쨌든 답장은 보내지 않는 것이 좋을 거야. 여자하고 논쟁을 벌여 봤자 결코 이길 수 없으니까……. 제롬, 토요일에 르아브르에 가서 하루 묵으면 일요일 아침에는 퐁그즈마르에 도착할 수 있고, 월요일 첫째 시간까지는 이곳으로 돌아올 수 있을 거야. 나도 입대 후에 네 친척들을 만나 뵙지 못했으니까 같이 다녀오면 어떨까? 이것으로 핑계는 충분히 될 뿐 아니라, 나로서도 인사치레를 할 수 있을 것 같은데……. 만일 알리사가 이것을 한낱 핑계에 지나지 않는다고 생각한다면 일은 더 수월하게 되는 거야! 네가 알리사와 이야기하는 동안 난 줄리엣을 맡을게. 그리고 이제는 제발 어린애 같은 짓은 그만해. 사실은…… 네 이야기 속에는 뭔가 납득할 수 없는 점이 더러 있어. 혹시 나한테 털어놓지 않은 뭔가가 있는 것 아냐? 하지만 상관없어. 내가 알아내고 말 테니까……. 그리고 무엇보다도 우리가 간다는 사실을 알리지 마. 무장할 틈을 주지 않고, 불시에 네 사촌 누이를 찾아가야 효과가 있으니까 말이야."

정원 쪽으로 난 문을 밀면서 내 가슴은 몹시 두근거렸다.
줄리엣은 하던 일을 접어 두고, 우리를 맞으러 금방 뛰어내려
왔다. 하지만 속옷을 넣어 두는 골방에서 일을 하고 있던 알리
사는 바로 내려오지 않았다. 우리가 외삼촌과 미스 애슈버튼
과 함께 이야기를 하고 있을 때에야 비로소 응접실에 모습을
나타냈다. 우리의 느닷없는 방문이 알리사를 당황하게 만든
것 같았으나, 결코 그녀는 내색하지 않았다.

나는 아벨이 하던 말을 떠올리면서, 그녀가 그토록 한참
동안 나타나지 않고 있었던 것은 나를 만나기 전에 나름대로
무장을 하기 위해서라고 생각했다.

유난히 활기찬 줄리엣의 태도는 알리사의 신중한 모습을
더욱 두드러지게 했다.

알리사는 내가 돌아온 것을 못마땅해하는 것 같았다. 그녀
는 그런 생각을 자신의 태도로써 드러내려 하는 것 같았고,
나는 그러한 감정 이면에 숨어 있는 더욱 세찬 감정을 찾아내
볼 용기가 나지 않았다.

그녀는 우리로부터 꽤 멀리 떨어진 창가에 앉아, 수를 놓는 데만 열중하고 있는 듯 입술을 움직이며 바늘 매듭을 세고 있었다. 다행히 아벨이 이런저런 이야기를 열심히 했기 때문에 조금 마음이 놓였다. 왜냐하면 나는 이야기할 기력이 없었으니까……. 그가 군대 생활과 여행 이야기를 하지 않았다면 이 재회의 첫 순간이 몹시 침울하게 되었을 것이 분명하다.

외삼촌도 퍽 근심스러운 기색이었다.

점심 식사가 끝난 후, 줄리엣은 나를 따로 불러 정원으로 데리고 갔다.

"글쎄 나에게 청혼을 하는 사람이 있대!"

우리가 단둘이 있게 되자 그녀가 이야기를 시작했다.

"플랑티에 고모가 어제 아버지께 편지를 보내왔는데, 님므에서 포도 재배를 하는 사람이 청혼을 했다는 거야. 고모님 말로는 아주 훌륭한 사람이래. 올봄에 사교 모임에서 나를 몇 번 봤는데, 마음에 들었다나 봐."

"너도 그 사람을 눈여겨봤니?"

나도 모르게 그 청혼자에 대한 반감을 담아 물었다.

"누군지는 알아. 사람 좋은 돈키호테 타입이야. 교양도 없는데다가 못나고 시시해. 하지만 퍽 재미있는 사람이라서, 고모도 그 사람 앞에선 웃음을 참지 못하는 모양이야."

"그래, 그 자가 유망해 보이니?"

나는 비웃는 조로 말했다.

"어머나! 제롬, 농담도……. 그 사람은 장사치야. 오빠가 그 사람을 한 번이라도 보았으면 그런 질문은 안 할 거야."

"그래서 외삼촌은 뭐라고 회답하셨어?"

"내가 대답한 대로지. 시집가기엔 아직 나이가 어리다고……."

줄리엣은 웃으면서 덧붙였다.

"그런데 고모는 반대할 걸 뻔히 알고서 편지 말미에 뭐라고 쓰셨는지 알아? 에두아르 테시에르 씨는 ─ 그 사람 이름이야. ─ 기다리는 건 별문제가 아니며, 벌써부터 청혼을 하는 것은 단지 '차례에 끼기 위한 것'뿐이라고 덧붙였어. 터무니없는 짓이지. 하지만 어떻게 해? 그 사람이 너무 못났다고 전해 달랄 수도 없고!"

"그럴 순 없지. 하지만 포도 재배자에게 시집가고 싶지 않다고는 할 수 있지 않아?"

줄리엣은 어깨를 으쓱해 보이며 대답했다.

"그런 건 고모한텐 통하지 않아. 이제 그 이야긴 그만해. 그런데 알리사가 편지했어?"

그녀는 장난치듯 가볍게 물었지만, 무척 흥분되어 있는 듯했다.

내가 알리사의 편지를 내밀자, 그녀는 얼굴을 빨갛게 물들인 채 읽었다.

"그래 오빠는 어떻게 할 거야?"

그녀의 말소리에는 노여움이 담겨 있는 듯했다.

"이젠 나도 모르겠어. 막상 이곳에 와 보니 차라리 편질 쓰는 편이 나을 뻔했다는 생각이 들어. 그래서 온 것을 벌써 후회하고 있어. 그런데 알리사의 의도가 무엇인지 알겠니?"

"오빠를 자유롭게 해 주고 싶어서 그런 것 아닐까?"

"하지만 내가 뭐 그런 걸 바라고 있나? 그런데 알리사가 왜 이 편지를 했는지 알겠니?"

"몰라!"

그녀의 대답이 너무나 매몰찼기 때문에, 나는 줄리엣이 진정한 이유는 짐작하지 못한다 할지라도 이 일을 전혀 모르는 것은 아니라고 여겼다.

이윽고 우리가 걷고 있던 오솔길의 돌아가는 굽이에서, 줄리엣이 갑자기 발길을 돌리더니 말했다.

"이젠 갈래. 오빠가 나하고 이야기하기 위해 온 건 아니니까. 너무 오래 같이 있었어."

줄리엣이 집으로 달려가고 나서, 잠시 후에 피아노 소리가 들려왔다. 내가 응접실로 들어갔을 때 그녀는 즉흥적으로 피아노를 치면서, 자기를 보러 온 아벨과 이야기하고 있었다.

나는 두 사람을 남겨 놓은 채 나왔다. 그리고는 알리사를 찾아 한참 동안 정원을 헤매 다녔다.

알리사는 과수원 안쪽 담 밑에서 너도밤나무 숲의 가랑잎 냄새에 그 향기를 뒤섞으며 활짝 핀 첫 국화를 꺾고 있었다. 대기에는 가을이 담뿍 배어 있었다.

아벨이 여행 선물로 갖다 준 젤란드식의 큼직한 모자를 당장 쓰고 나온 그녀의 얼굴은 마치 테를 두른 듯했다.

내가 가까이 다가가도 처음에는 모르는 척 돌아다보지 않았다. 하지만 억제하지 못하고 몸을 가볍게 떠는 것으로 보아 내 발자국 소리를 알아챈 것이 분명해 보였다.

나는 그녀가 할 책망과 그녀의 눈길이 나를 짓누를 준엄함에 대비하면서, 긴장된 마음을 다잡으며 용기를 냈다.

그러나 아주 가까이 이르러 조심스럽게 걸음을 늦추자, 처음엔 얼굴도 돌리지 않던 그녀가 마치 토라진 어린아이처럼 얼굴을 숙인 채 꽃을 가득 쥔 손을 등 뒤로 내밀면서 다가오라는 듯 손짓을 했다.

그러나 이번에는 내가 일부러 멈추어 서자, 그녀가 드디어 몸을 돌리더니 내게로 몇 걸음 다가오며 얼굴을 쳐들었다.

그 얼굴에는 미소가 가득 차 있었다. 그녀의 눈길을 보는 순간 다시금 온갖 것이 단순하고 쉽게만 생각되어, 나는 변함없는 목소리로 힘들지 않게 말문을 열었다.

"나를 다시 오게 한 것은 네 편지야."

"그렇지 않을까 했어."

그녀는 이렇게 말하더니, 이내 나무람의 말끝을 부드럽게 하며 말을 이었다.

"내가 언짢게 생각하는 것도 바로 그 점이야. 왜 내 맘을

오해하는 거야? 아무 일도 아니었는데……."

그 말을 듣는 순간, 모든 슬픔과 번민은 나 혼자 꾸며 낸 것이라는 생각이 들었다. 그러면서 그것들은 오직 내 마음속에만 존재하는 것처럼 여겨졌다.

"내가 앞서도 말했지만, 우리는 이대로 행복하잖아? 그러니 그것을 바꾸어 보자는 네 의견에 내가 반대했다고 해서 그렇게 놀랄 일은 아니잖아."

사실 나는 그녀 곁에 있기만 하면 행복했다. 너무나도 행복해서, 다시는 그녀 생각과 다른 생각은 하지 않으리라 생각했다. 그리고 이미 나는 그녀의 미소밖에는, 그리고 이렇게 그녀 손을 잡고서 꽃이 만발한 오솔길을 거니는 것밖에는 아무것도 바라지 않았다.

"네가 그러는 것을 더 좋아한다면……."

나는 그 순간의 완전한 행복에 몸을 맡긴 채, 다른 모든 희망을 포기하면서 엄숙하게 말했다.

"그러는 편이 좋다면 약혼하지 말지 뭐. 처음 편지를 받고서는 정말 행복했지만, 앞으로는 그렇게 행복하지 못하리라는 것을 동시에 깨달았어. 아아, 옛날의 내 행복을 다시 돌려 줘. 그 행복 없이는 견뎌 내지 못할 것 같아. 일생 동안 기다리라고 하면 그럴 수 있을 만큼 나는 너를 사랑하고 있어. 그러나 네가 나를 사랑하지 않게 된다거나, 나의 사랑을 의심한다거나 하는 건⋯⋯. 알리사, 그런 일은 생각만으로도 나는 참을 수가 없어."

"아아! 제롬, 내가 어떻게 너의 사랑을 의심할 수 있겠어?"

이렇게 말하는 그녀의 목소리는 너무나 조용하고 쓸쓸했다. 그러나 그녀의 얼굴을 환히 빛내 주는 미소가 너무나 티 없이 아름다웠기 때문에, 의구심을 갖고 항변했던 내 자신이 부끄럽게 느껴질 지경이었다. 뿐만 아니라, 그녀의 목소리에서 내가 감지한 그 서글픔조차도 단지 나의 두려움 안에서 빚어져 나온 상상이란 느낌을 지울 수가 없었다.

나는 밑도 끝도 없이 나의 계획, 공부 그리고 얻을 것이 많을 내 생활에 대해 횡설수설 이야기하기 시작했다.

당시의 고등사범학교는 최근의 풍속에 따라 변질된 그러한 학교가 아니었다. 규율이 몹시 까다로워서 게으르거나 말썽을 부리는 학생들은 힘들겠지만, 부지런히 노력하는 학생에겐 안성맞춤이었다.

나는 거의 청교도적인 이런 관습이 사회로부터 나를 보호해 준다고 여겼기 때문에 마음이 놓였다. 게다가 사회란 것이 별달리 내 마음을 끌지 않았을 뿐 아니라, 알리사가 두려워한다면 나도 대번에 싫어질 만한 것에 지나지 않았다.

미스 애슈버튼은 파리에서 전에 어머니와 함께 살던 아파트에 그냥 머물러 있었다. 파리엔 그녀 말고는 아는 사람도 없으니, 일요일이 되면 아벨과 함께 거기에 가서 시간을 보내리라 결심했다. 그리고 일요일마다 알리사에게 편지를 써서 내 생활을 낱낱이 알 수 있게 해 주리라……

이때 우리는 열어젖힌 온실 유리창틀에 걸터앉아 있었다. 거기엔 마지막 열매를 따 버려서 말라비틀어진 오이 덩굴이 아무렇게나 뻗쳐 나와 있었다.

알리사는 내 이야기에 귀를 기울이며 연방 이것저것 물었다. 나는 여태껏 이보다 더 정성이 깃들고, 다정하면서도 세심한 애정을 느낀 일이 없다고 생각될 정도였다. 두려움과 걱정 그리고 아주 작은 마음의 동요까지도 푸른 하늘 속으로 사라져 버리는 안개처럼 그녀의 미소에 의해 증발되어 버리고, 그 애틋한 친밀감 속에 흡수되는 듯했다.

이윽고 줄리엣과 아벨이 우리를 뒤쫓아 와 너도밤나무 숲의 벤치에 앉았다. 우리는 한 사람씩 번갈아 가며 스윈번의 〈시대의 개가〉를 한 구절씩 읽고 또 되풀이해서 읽으면서 그날의 나머지 시간을 보냈다.

저녁이 됐다.

우리가 떠날 무렵, 알리사가 나에게 입을 맞추면서 말했다. 반은 농담 같기도 하고 반은 누님 같은 태도였다. 아마도 무분별한 내 행동 때문에 그런 태도를 취하는 것 같았는데, 어쨌든 알리사는 기꺼운 마음으로 그렇게 하는 것 같았다.

"자, 이제부터는 그렇게 공상적인 사람이 되지 않겠다고 약속해 줘."

"제롬, 약혼했니?"

또다시 단둘이 남게 되자, 아벨이 나에게 물었다.

"이젠 그런 건 문제가 되지 않아."

나는 이렇게 대답하고서, 모든 질문을 딱 잘라 버리는 듯한 어조로 덧붙였다.

"이대로가 훨씬 좋아. 오늘 오후만큼 행복했던 적은 없었던 것 같아."

"나도 그래! 기막히고 희한한 이야기를 하나 해 줄까? 제롬, 난 줄리엣이 미칠 듯이 좋아! 지난해에도 그런 생각을 좀 하긴 했지만……. 그러나 나도 세상맛을 적잖이 보아 왔고, 너의 사촌 누이들을 다시 만나 보기 전에는 아무것도 네게 말하고 싶지 않았어. 그런데 이제는 내 인생도 결정됐어. 사랑하노라! 사랑하기보다는 나는 줄리엣을 예찬하노라. 그렇잖아도 내가 오래전부터 네게 의형제 같은 애정을 느꼈다는 것 알아?"

아벨이 내 목을 끌어안으며 외쳐 댔다. 그러고는 웃다가 장난을 치다가 하면서 팔을 벌려 나를 끌어안고는, 우리가 탄 파리 행 열차의 좌석 위를 어린애처럼 뒹구는 것이었다.

나는 그의 고백을 듣고 숨이 막힐 지경이었다. 게다가 거기에 섞여 있는 과장된 표현 때문에 다소 괴롭기까지 했다. 하지만 그처럼 벅찬 감격과 희열에, 무슨 수로 맞설 수 있겠는가.

"그래, 어떻게 된 거야? 고백을 했어?"

그가 이야기를 쏟아 놓는 도중에 간신히 끼어들며 물었다.

"천만에! 이야기의 가장 멋진 대목을 그렇게 태워 버릴 순 없지. 사랑의 가장 아름다운 순간은 '그대를 사랑하노라!'고 말할 때가 아니니…. 이봐, 나를 책망하지는 못하겠지? 느림보 대장인 너로선 말이야."

그가 소리쳤다.

"하지만 네 생각엔, 그녀 쪽에서도…."

나는 약간 초조해하며 말을 받았다.

"아니, 나를 다시 만나게 되었을 때 줄리엣이 당황해하던 것 못 봤어? 우리가 거기 있는 동안 줄곧 흥분해서 얼굴을 붉히고, 쉬지 않고 이야기를…. 아니, 넌 아무것도 눈치채지 못했을 거야. 너야 알리사한테만 온통 정신이 쏠려 있었으니 말이야. 줄리엣이 어찌나 이것저것 캐묻는지! 또 내가 하는 말을 다소곳하게 들으며 얼마나 좋아하는지…. 지난 일 년 동안에 그녀는 굉장히 총명해졌어. 그리고 네가 어떤 점 때문에 그녀가 독서를 좋아하지 않는다고 생각했는지 난 도무지 모르겠어. 너는 그저 책이란 것이 오직 알리사만을 위해 있다고 생각하는 것 같으니까…. 하지만 줄리엣은 놀랄 만큼 많은 것을 알고 있단 말이야. 저녁 식사 전에 우리가 무엇을 하고 놀았는지 알아? 단테의 칸초네를 암송하며 즐겼어. 둘이서 번갈아 가며 암송했는데, 내가 틀리면 그녀가 척척 고쳐

췄어. 왜 너도 알지?

 'Amor che nella mente mi ragiona! (내 마음 가득 채워 주는 사랑의 마음이여.)'

그녀가 이탈리아 말을 배웠다는 걸 너는 말해 주지 않았잖아."

"그건 나도 몰랐는걸!"

나도 적잖게 놀라며 말했다.

"그래? 줄리엣은 '칸초네'를 시작할 때 너한테 배웠다고 하던데."

"아마 내가 알리사한테 읽어 주는 것을 들었던 모양이지. 줄리엣은 곧잘 우리 곁에서 바느질을 하고 있거나 수를 놓고 있었으니까. 하지만 이해하고 있는 듯한 기색은 전혀 보이지 않았는데……."

"그랬을 거야. 알리사와 너는 지독한 이기주의자니까. 자기네 사랑에만 열중하여, 이러한 지성과 영혼이 찬탄할 만하게 꽃을 피우는 건 거들떠보지도 않았으니 말이야. 내가 나를 추켜세우는 건 아니지만, 아무튼 나는 때맞추어 나타난 거야. 그렇다고 널 탓하는 것은 아니야. 너도 잘 알잖아……."

그는 다시 나를 끌어안으며 말했다.

"단지 이것만 약속해 줘. 이 일에 대해서는 알리사에게 한 마디도 하지 않겠다고······. 내 일은 내가 알아서 처리할 테니까. 줄리엣은 나한테 사로잡힌 것이 틀림없어. 다음 방학까지 그대로 내버려 두어도 괜찮을 거야. 그때까지는 편지도 쓰지 않을 작정이야. 그렇지만 새해 방학만 되면 너하고 나는 르아브르로 가서 방학을 지내고, 그러고 나서는······."

"그러고 나서는?"

"그거야 뭐, 알리사가 갑자기 우리의 약혼을 알게 되는 거지. 이 모든 일을 나는 신속하게 해낼 작정이야. 그러고 나면 어떻게 되는지 알아? 네가 획득하지 못한 알리사의 승낙을 내가 본을 보여 줌으로써 얻게 된단 말이지. 너희들 결혼 전에는 우리도 결혼할 수 없지 않느냐고······. 우리 둘이서 알리사를 설득시킬 작정이야."

그는 줄곧 이야기를 계속하여, 그칠 줄 모르는 말의 흐름 속으로 나를 잠겨들게 했다. 기차가 파리에 도착했을 때까지도, 노르말르에 우리가 돌아왔을 때까지도 그칠 줄을 몰랐다. 우리가 역에서 학교까지 걸어왔음에도 불구하고, 아벨은 내 방까지 따라 들어와서 아침이 될 때까지 이야기를 계속했다.

아벨의 열정은 현재와 미래를 오가며 멈출 줄 몰랐다. 그는 이미 우리 두 쌍이 결혼했다고 예상하고 저마다의 놀라움과 기쁨을 상상하여 묘사하기도 했고, 우리의 사랑과 우정 그리고 내 사랑에서 자기가 한 소임과 역할의 아름다움에 도취하기도 했다.

　나는 이처럼 깊이 빠져 버린 열정에 별반 저항도 하지 못한 채, 마침내는 그의 들뜬 기분에 점점 끌려들어갔다. 그의 제안이 다소 허무맹랑하게 느껴지기도 했지만, 우리의 가슴을 부풀어 오르게 하는 사랑으로 인해 야망과 용기마저 생기는 듯했다.

　학교를 졸업하면 보티에 목사의 주례로 우리 두 쌍은 결혼을 할 것이고, 넷이서는 여행을 떠나리라. 그런 다음 우리가 보람 있는 일을 시작하면 우리의 아내들은 기꺼이 협력자가 되어 줄 것이다. 교수직엔 별로 마음이 없고, 글 쓰는 소질을 타고났다고 자신하는 아벨은 몇 편의 희곡에서 성공을 거두어 많은 재산을 삽시간에 모으리라. 학문에서 오는 이익보다는 학문 그 자체에 마음이 끌리는 나로서는 종교 철학의 연구에 몰두할 생각이니, 차후에 그 역사를 써 보리라……

그러나 이제 와서 그 많은 희망들을 회상해 본들 무슨 소용이 있겠는가.

　　우리는 다음 날부터 다시 공부에 열중했다.

　　새해 방학까지는 너무도 기간이 짧았지만, 지난번에 알리사를 만나 본 것으로 마음이 부풀어 있었기에 나의 믿음은 조금도 흔들리지 않았다.

　　마음먹었던 대로 나는 일요일마다 그녀에게 긴 편지를 썼다. 그 외의 날에도 동급생들과는 떨어져서 아벨만 만날 뿐, 알리사에 대한 생각만 하며 지냈다.

　　책을 읽을 때는 내 자신이 거기서 얻는 재미보다도 알리사가 추구하는 것에 합당한가를 생각하며 그녀에게 해 주고 싶은 이야기를 가득 적어 놓곤 했다.

　　그녀에게서 오는 편지에는 여전히 나를 불안하게 하는 점이 있었다. 내 편지에 대해 꽤 규칙적으로 답을 해 주기는 했지만, 나를 따라오는 그녀의 열성은 그녀의 마음이 스스로 이끌려서라기보다는 내 공부를 격려해 주려는 배려라는 느낌이 강했다. 그리고 감상, 토론, 비평 등도 내 경우는 단지 내가 생각하는 것을 나타내는 수단에 지나지 않는 데 비해, 그녀는 자신의 생각을 내게 숨기려는 방편으로 삼는 것 같았다. 그러다 보니 그녀가 장난으로 그러는 것이 아닌가 하고 의심이 들 때도 있었다.

그러나 무슨 상관이 있으랴. 아무런 불평도 하지 않겠다고 굳게 결심한 나는 편지 속에 불안해하는 기색을 전혀 드러내 보이지 않았다.

12월 말경, 아벨과 나는 르아브르로 떠났다.

나는 플랑티에 이모 댁에 머물기로 했다. 내가 도착했을 때 이모는 집에 없었다. 그러나 내 방에 들어가 있자, 곧 하인이 오더니 이모가 응접실에서 나를 기다리고 있다고 전해 주었다.

이모는 나에게 건강이니, 숙소 형편이니, 공부에 관해서 대충 듣고 난 다음, 곧바로 애정이 넘치는 표정에 호기심을 잔뜩 담아서 생각나는 대로 말했다.

"퐁그즈마르에서는 만족했는지 어땠는지, 아직 나에게 말하지 않았지? 일이 좀 진척됐니?"

나는 이모의 서툰 애정 표현을 꾹 참고 견딜 수밖에 도리가 없었다. 하지만 아무리 순수하고 다정한 말씨로 대해 줘도 마음 아프게 느껴지는 그러한 감정들을 이렇게 무심히 취급해 버리는 태도는 정말이지 참기 어려웠다.

그러나 그것을 말하는 이모의 어조가 너무나도 자연스럽고 소박했기 때문에 화를 낸다는 것이 도리어 우스운 짓일 것 같았다.

그럼에도 처음에는 대뜸 쏘아붙였다.

"지난봄에는 약혼이 너무 이르다고 말씀하시지 않았어요?"

"그랬지. 나도 알고 있다. 하지만 처음에는 으레 그렇게 말하는 법이야."

이모는 나의 한 손을 잡아 자기의 두 손 안에 꼭 쥐면서 거리낌 없이 말했다.

"게다가 너는 공부라든가 병역 때문에 몇 해를 더 기다리기 전에는 결혼할 수 없다는 것도 잘 알고 있다. 하지만 내 생각으로는 약혼을 오래 끄는 것은 별로 좋지 않아. 그렇게 되면 처녀들은 지쳐 버리거든. 때로는 그것이 아주 감동적일 수도 있지만……. 그건 그렇고, 약혼은 반드시 공표해 둘 필요가 있어. 단지 그렇게 하면 남들이 ─ 물론 은근한 방식이긴 하지만 ─ 이제는 그 처녀에게 손을 뻗쳐 볼 필요가 없다는 걸 알아차릴 수 있게 되거든. 그리고 그렇게 해 두면 너희들도 편지나 교제를 떳떳하게 할 수 있지. 그리고 다른 사람이 청혼해 오면 ─ 그것도 충분히 있을 법한 일이니까. ─ 그런 경우에는 '아닙니다. 그럴 필요 없습니다.'라고 은근히 거절할 수도 있단 말이다. 줄리엣한테 청혼이 들어왔다는 건 알고 있지? 올겨울에 그 애는 사람들 눈에 무척 띄었거든. 그 애는 아직 좀 어리지만⋯⋯. 그래서 그 애도 그걸 이유로 대답했어. 그런데 그 청년은 기다리겠다는 거야. 정확히 말해서 그 사람은 이미 청년이라고 할 만한 사람은 아니지만⋯⋯. 아무튼 훌륭한 신랑감이긴 해. 아주 틀림없는 사람이지. 너도 내일이면 만날 수 있을 거다. 우리 집 크리스마스트리를 보러 올 테니까. 네가 본 인상이 어떤지 내게 좀 말해 주려무나."

이모는 웃음을 띠면서 그럴듯하게 말했다.

"이모, 모르긴 하지만 그 남자는 헛수고하는 게 아닐까요? 줄리엣에게 다른 사람이 있을지도 모르잖아요."

나는 아벨의 이름을 말하지 않으려고 애쓰면서 말했다.

"응?"

설마 하는 표정으로 이모는 입을 뾰족 내밀고 머리를 갸우뚱하면서 미심쩍다는 듯이 말했다.

"놀라운 얘기구나. 그렇다면 왜 그 애가 내게 아무 말도 하지 않았을까?"

나는 더 이상 말하지 않으려고 애쓰면서 입술을 깨물었다.

"그래? 두고 보면 알겠지. 줄리엣은 요즘 좀 앓고 있단다. 그건 그렇고, 지금 문제는 그 애가 아니지. 그래, 알리사도 참 귀여운 아이지. 그런데 그 애한테 선언을 했니, 안 했니?"

이 '선언'이란 말이 너무나도 어울리지 않게 거친 듯해서 나는 발끈했다. 그러나 정면으로 질문을 받자, 거짓말을 하지 못 하는 성격인 나는 얼버무리며 대답했다.

"네……."

그러자 얼굴이 화끈 달아오름을 느꼈다.

"그러니까 그 애는 뭐라고 하든?"

나는 고개를 숙였다. 대답하고 싶지가 않아서, 이번에는 한층 더 애매하게 내키지 않는 어조로 말했다.

"약혼하는 것은 반대했어요."

"그래, 그것도 일리가 있지. 하지만 그 앤 깜찍한 구석이 있어. 너희야 언제든 할 수 있으니까, 그렇고 말고……"

이모가 외치듯이 말했다.

"이모, 그런 이야긴 제발 그만해요!"

나는 말을 막으려 했으나 헛일이었다.

"그 애로선 있음직한 일이야. 그 애는 언제나 너보다는 분별 있어 보였으니까."

나는 이때 무엇 때문이었는지 분명치 않으나 — 아마 그렇게 다그쳐 물어서 흥분되었음인지 — 갑자기 가슴이 찢어지는 듯했다. 그래서 마치 어린애라도 되는 것처럼, 마음씨 좋은 이모의 무릎에 이마를 비벼 대면서 흐느끼듯 부르짖었다.

"아니에요. 이모, 이모는 몰라요. 그 애는 기다려 달라고 하지도 않았어요……"

"뭐라고? 그 애가 너를 싫어하기라도 한단 말이냐?"

이모는 손으로 내 이마를 받쳐 올리면서 퍽 따뜻한 어조로 말했다.

"그것도 아니에요. 확실히 그렇다는 것도 아니에요."

나는 서글프게 웃으며 머리를 흔들었다.

"이제는 그 애가 너를 사랑하지 않을까 봐 겁이 나니?"

"아아! 아니에요. 제가 두려워하는 건 그런 게 아니에요."

"애야, 좀 더 자세하게 말을 해야 내가 알아듣지."

약한 내 마음을 그대로 드러내 버린 것이 나는 몹시 부끄럽고 서글펐다. 내가 애매한 태도를 취한 동기를 이모는 짐작할 수 없었을 것이다.

그러나 만일 알리사가 약혼을 거절한 이면에 어떤 뚜렷한 동기가 있다면, 이모가 그녀에게 물어봄으로써 그것을 밝혀 낼 수도 있을 성싶었다.

이모가 먼저 그 이야기를 꺼냈다.

"애야! 내일 아침에 알리사가 크리스마스트리를 꾸미러 올 테니까, 어떻게 된 영문인지 내가 알아보마. 그리고 그것을 점심때 알려 줄게. 그럼 네가 걱정할 일이 아무것도 없다는 걸 깨닫게 되지 않겠니? 제롬, 틀림없이 그렇게 될 거야."

이모의 표정은 한층 부드러워져 있었다.

나는 저녁 식사를 하러 뷰콜렝 댁으로 갔다. 며칠 전부터 몸이 아프다던 줄리엣은 딴사람이 된 듯했다. 그녀의 눈초리에는 적지 않게 표독스럽고, 또 거의 쏘는 듯한 표정이 깃들어 있었다. 그 때문에 전보다 훨씬 더 자기 언니와는 달라 보였다.

그날 저녁 나는 알리사와 줄리엣에게 별다른 이야기를 하지 못했다. 나도 이야기할 맘이 그다지 없었고, 외삼촌이 몹시 피로해 보여서 식사가 끝난 귀 곧 물러나와 버렸다.

플랑티에 이모가 꾸미는 크리스마스트리는 해마다 많은 아이들과 친척들, 친구들을 모여들게 했다. 이 트리는 2층으로 오르는 층계참이기도 한 현관 어귀에 세워졌는데, 이 현관은 첫 문간방, 응접실, 찬장을 들여 놓은 온실 비슷한 방의 유리문들로 통해 있었다.

트리의 장식이 아직 끝나지 않아 축제일 아침, 즉 내가 도착한 이튿날에 알리사는 이모 말대로 꽤 일찍 와서 여러 가지 장식, 촛불, 과일, 과자, 장난감 등을 나뭇가지에 다는 일을 거들었다. 나도 그러한 일을 그녀 곁에서 거들고 싶었으나, 이모가 그녀와 이야기를 하게 하려면 참아야만 했다.

그래서 나는 그녀를 보지도 않고 집에서 나와, 아침나절 동안 불안한 마음을 억누르기 위해 애써야 했다.

줄리엣을 다시 보고 싶어서 나는 먼저 뷰콜렝 댁으로 갔다.

그러나 아벨이 나보다 앞서 그녀 곁에 와 있다는 말을 듣고, 두 사람의 이야기를 방해할까 염려되어 곧 물러나왔다. 그리하여 점심때까지 부둣가의 거리를 헤매고 다녔다.

"이런 바보!"

내가 이모 댁으로 돌아오자, 이모가 소리쳤다.

"그런 쓸데없는 걱정을 하며 살아가다니⋯⋯. 오늘 아침 네가 한 소리는 모두가 당치도 않아. 나는 단도직입적으로 얘길 꺼냈다. 우리 일을 거드느라고 피곤해진 미스 애슈버튼을 산책이나 하라고 내보낸 다음, 알리사와 단둘이 있게 되자마자 나는 아주 간단하게 물었다. 왜 지난여름에 약혼하지 않았느냐고⋯⋯. 너는 그 애가 당황했으리라 생각하겠지? 하지만 그 애는 조금도 당황하지 않고 아주 침착하게 대답하더라. 제 동생보다 먼저 결혼하기가 싫었기 때문이라고⋯⋯. 너도 그 애에게 솔직히 물어보았다면, 그렇게 대답했을 거야. 혼자서 괴로워한 이유가 거기에 있는 거야, 그렇지? 그 봐, 솔직하다는 것만큼 좋은 것은 없지 않니⋯⋯. 가엾은 알리사는 아버지를 떠날 수가 없다고 하더구나. 우리는 별별 이야기를 다 했다. 그 애는 참 지각이 있어. 일찍부터 철이 들어서겠지. 그리고 자기가 너한테 어울리는 사람인지 어떤지 아직 알 수가 없다는 말도 하더구나. 또 너보다 너무 나이가 많은 것이 두렵다며, 네게는 줄리엣 또래의 여자가 더 어울리지 않느냐고……."

이모는 말을 계속했다. 그러나 나는 더 이상 듣지 않았다.

내게 중요한 것은 단 한 가지, 즉 알리사가 제 동생보다 먼저 결혼하지 않겠다는 것이다. 하지만 아벨이 있지 않은가! 잘난 척하는 그 녀석 말이 옳았던 거야. 그 녀석은 단번에 두 쌍의 결혼을 성사시키려 하고 있는 것이다…….

아주 간단하기는 했지만, 그래도 이모가 밝혀 준 이야기는 나를 흥분시켰고 나는 최선을 다해 이 사실을 이모에게 감췄다. 이모는 너무나 당연한 일로 생각하느니만큼, 이모가 흡족해할 만한 기쁨만을 내보였다. 그러면서 이 모든 것이 다 이모의 덕택이라고 생각한다는 것을 보여 줬다.

점심이 끝나자, 나는 구실을 만들어 이모 곁에서 물러나 아벨에게로 달려갔다.

"어때! 내가 뭐라고 했니?"

내가 기쁨을 알려 주자마자, 그는 나를 껴안으며 소리쳤다.

"제롬! 오늘 아침에 내가 줄리엣과 한 이야긴데, 거의 결정적인 것이었다고 말할 수 있어. 물론 거의 다 네 이야기만 했지만 말이야. 그러나 줄리엣이 피곤하고 들떠 있는 것같이 보여서, 지나치게 깊이 들어갈 경우 그녀의 신경을 자극할까 봐 두려웠어. 또 너무 오래 머물러 있어서 그녀를 흥분시킬까 봐, 염려도 되었고……. 네 말을 듣고 나니 일은 다 됐어! 제롬, 내 단장과 모자를 가져올게. 혹시 도중에 내가 날아갈지도 모르니, 나를 붙잡아 주는 셈 치고 뷰콜렝 댁 문간까지만 같이 가 줘. 나는 위포리온보다도 더 몸이 가벼워진 것 같아. 자기 언니가 승낙을 거절하는 이유가 단지 자기 때문이라는 것을 줄리엣이 알게 되고, 그리고 그때 내가 청혼을 하면……. 아 아! 제롬, 나는 우리 아버지가 오늘 저녁 크리스마스트리 앞에서 행복에 겨워 눈물을 흘리면서 하느님을 찬양하고, 무릎 꿇은 네 사람의 머리 위에 축복이 넘치는 손을 뻗치시는 모습이 벌써부터 눈에 보이는 것 같아. 아마 미스 애슈버튼은 한숨 속으로 증발해 버릴 것이고, 플랑티에 이모님도 웃음 속에 녹아 버릴 거야. 그리고 환하게 불 밝혀진 크리스마스트리는 하느님의 영광을 노래할 것이고, 성경에 나오는 산들처럼 손

빽을 칠거야."

크리스마스트리에 불이 켜지고, 아이들이랑 친척들과 친구들이 그 주위에 모여들게 되는 것은 해가 질 무렵으로 정해져 있었다.

아벨과 헤어지고 나자 불안과 초조로 인해 일이 손에 잡히질 않아, 나는 기다리는 동안에 생 아드레스의 낭떠러지까지 산책을 나갔다. 그러다가 그만 길을 잃어버려, 겨우 플랑티에 이모 댁에 왔을 때는 이미 축제가 시작된 후였다.

현관에 들어서며 나는 알리사를 보았다. 그녀는 기다리고 있었던 듯, 나를 보자 곧 내게로 왔다. 엷은 겉옷 깃 사이가 파여진 곳에 오래된 자수정 십자가 목걸이를 늘이고 있었다. 어머니에 대한 기념으로 내가 준 것이었지만, 그녀가 그것을 걸고 있는 것은 처음 보았다.

초췌한 그녀의 얼굴과 괴로운 표정이 나를 아프게 했다.
"왜 이렇게 늦었어? 네게 하고 싶은 말이 있었는데……."
그녀는 다급하고 숨 가쁜 목소리로 말했다.
"낭떠러지 길에서 방향을 잃어버렸어……. 그런데 왜 안색이 그리 좋지 않아? 알리사, 어디 아픈 거야?"

그녀는 잠시 자제심을 잃은 듯 내 앞에서 입술을 파르르 떨었다.

이러한 고뇌의 표정을 보자 마음이 아파와 나는 감히 캐묻지를 못했다.

그녀는 내 얼굴을 끌어당기려는 듯 내 목에 손을 갖다 댔다. 그리고는 무언가를 말하려는 듯한 얼굴로 나를 바라보았다.

그러나 바로 그 순간에 손님들이 들어왔다. 힘이 빠진 그녀의 손이 다시 아래로 떨어졌다.

"이제는 시간이 없어."

그녀가 낮게 중얼거렸다. 그러고는 내 눈에 눈물이 글썽이는 것을 보고, 마치 그런 하잘것없는 변명으로 나를 진정시킬 수 있을 것처럼 내 질문에 눈길로 대답했다.

"아냐, 안심해. 단지 머리가 좀 아플 뿐이야. 어린애들이 너무 소란을 피워서…… 이리로 피해 온 거야. 이제는 그 애들 곁으로 돌아가 봐야지."

그녀는 급히 내게서 멀어져 갔다. 사람들이 떼 지어 들어오면서 나를 그녀에게서 떼어 놓아 버린 것이다. 나는 응접실에 가서 다시 그녀를 만나리라 생각했다.

그녀는 방 저 끝에서 아이들에게 둘러싸인 채 놀이를 설명해 주고 있었다. 그녀와 나 사이에는 여러 사람들이 있었고, 내가 그녀에게로 가려면 필시 누군가에게 붙잡힐 것 같았다. 하지만 사람들과 인사를 하면서 이야기를 나눌 수 있을 것 같지가 않았다.

혹시 벽을 따라 살짝 빠져나간다면……. 나는 그렇게 할 요량으로 발길을 옮겼다.

정원으로 난 커다란 유리문 앞을 막 지나가려는 순간, 누가 내 팔을 잡는 것을 느꼈다. 문에 반쯤 몸을 숨기고 커튼으로 몸을 가린 줄리엣이 거기 있었다.

"온실로 가! 꼭 할 말이 있어. 그쪽으로 혼자 가. 곧 따라갈게."

그녀가 재빨리 말한 다음, 문을 조금 열더니 정원으로 사라졌다.

무슨 일이 있었나……? 아벨은 무슨 이야기를 했을까?

나는 아벨을 만나 보고 싶었다.

현관으로 되돌아 나오며, 나는 줄리엣이 기다리고 있는 온실로 갔다.

그녀는 얼굴이 새빨갛게 달아 있었다. 눈썹을 잔뜩 찌푸리고 있는 그녀의 눈초리에 날카로우면서도 괴로운 표정이 드러나 있었고, 쉰 듯한 목소리는 떨고 있었다. 그녀는 뭔가에 분노하며 흥분하고 있는 것 같았다.

나는 불안한 마음에도 불구하고, 그 아름다움에 놀라 거북해질 지경이었다. 우리는 단둘이었다.

"알리사가 이야기했어?"

그녀가 내게 다그쳐 물었다.

"겨우 두어 마디. 내가 아주 늦게 와서 말이야……."

"언니는 자기보다 내가 먼저 결혼하길 바라고 있다는 것을 알고 있어?"

"응."

그녀는 뚫어지게 나를 쳐다보았다…….

"그러면 언니가…… 내가 누구와 결혼하기를 바라고 있는지도 알아?"

나는 잠자코 있었다.

"그건 오빠야!"

그녀가 부르짖듯이 말했다.

"무슨 소리야?"

"그렇다고!"

그녀의 목소리에는 절망과 승리감이 동시에 섞여 있었다. 그녀는 벌떡 몸을 일으켰다. 아니, 일으켰다기보다는 몸을 온통 뒤로 젖혔다.

"지금 내게 남아 있는 일이 무엇인지 알겠어."

정원으로 통하는 문을 열면서 희미하게 덧붙여 말하더니, 그녀는 문을 쾅 닫고 가 버렸다.

내 머리와 가슴속에서 모든 것이 비틀거렸다. 관자놀이에 몰린 피가 펄떡이는 것을 느꼈다. 단 한 가지 생각만이 그런 내 마음의 혼란을 막으려고 버티고 있었다.

아벨을 찾자! 그러면 그는 아마도 이 두 자매의 괴상망측한 이야기를 설명해 줄 수 있을 것이다. 그러나 혼란스러워하는 내 모습이 누구에게든 뜨일 것 같아서, 응접실로 다시 들어갈 용기가 나지 않았다.

나는 밖으로 나왔다. 정원의 차가운 공기가 다소나마 내 마음을 가라앉혔다.

나는 얼마 동안 그대로 정원에 머물러 있었다. 어둠이 짙어

지면서, 바다 안개가 도시를 온통 뒤덮고 있었다. 나뭇가지는 앙상했고, 땅과 하늘은 한없이 쓸쓸해 보였다…….

노랫소리가 들려왔다. 크리스마스트리에 둘러선 어린이들의 합창인 모양이었다.

나는 현관을 통해 다시 들어갔다. 응접실과 문간방의 문이 모두 열려 있었다. 이제는 텅 빈 응접실에서 피아노 뒤에 반쯤 몸을 가린 이모가 줄리엣과 이야기하는 것이 보였다.

문간방에는 잔뜩 장식된 크리스마스트리를 둘러싸고 손님들이 빈틈없이 모여 있었다. 어린애들은 이미 합창을 마친 때였다.

갑자기 조용해지더니 크리스마스트리 앞에서 보티에 목사가 설교 비슷한 이야기를 시작했다.

그의 얘기는 이른바 '좋은 씨를 뿌리기' 위해서는 어떠한 기회도 놓치지 말라는 것이었다.

불빛과 훈기가 나는 싫었다. 나는 다시 나가고 싶었다. 문에 기대어 서 있는 아벨이 보였다.

그는 얼마 전부터 그곳에 서 있었던 모양이었다. 그는 적의에 찬 눈초리로 나를 쳐다봤는데, 우리의 시선이 마주치자 어깨를 들먹였다.

나는 그에게로 다가갔다.

"바보! 아아, 제롬. 나가자! 좋은 말씀은 이제 지긋지긋해."

그는 낮은 목소리로 말했다.

"바보! 그 애가 사랑하는 건 바로 너야, 이 바보야! 나한테 그런 것을 말해 줄 수도 없었니?"

우리가 밖으로 나오자, 그는 아무 말 없이 걱정스럽게 쳐다보고 있는 나에게 소리치듯이 말했다.

나는 아찔했다. 더 알고 싶지도 않았다.

"말할 수 없었지? 너 혼자선 그것을 깨달을 수가 없었을 테니까!"

그는 내 팔을 잡더니 미친 듯이 흔들어 댔다. 악문 이빨 사이로 새어나오는 그의 목소리는 떨리고 숨이 찼다.

"아벨, 제발 부탁이야. 그렇게 흥분하지 말고, 무슨 일이 일어났는지 내게 말을 좀 해. 나는 아무것도 모르겠어."

잠시 후, 그가 성큼성큼 나를 끌고 가는 동안 내가 말했다.

그는 느닷없이 가로등 흐린 불빛 아래서 나를 세우더니, 내 얼굴을 찬찬히 뜯어보았다. 그리고는 와락 나를 끌어안으며 내 어깨에 얼굴을 파묻고는 흐느끼며 중얼거렸다.

"잘못했어, 나도 바보야. 너와 마찬가지로 나도 잘 몰랐어."

울고 난 그는 다소 마음이 진정된 듯싶었다. 그는 머리를
들고 다시 울기 시작하더니, 말을 이었다.

"무슨 일이 일어났느냐고……? 이제 와서 다시 그 이야기
를 한들 무슨 소용이 있어. 네게 말했지만, 아침에 줄리엣과
이야기했어. 오늘 따라 유난히 예쁘고 생기발랄했지. 난 그것
이 다 나 때문인 줄 알았어. 알고 보니 그것은…… 순전히
우리가 너의 이야기를 한 까닭이었어."

"그때는 짐작을 못 했니?"

"못 했어. 전혀……. 하지만 지금은 아무리 작은 대목이라
도 훤히 짐작이 가……."

"그래서 알리사가……."

"알리사가 자기를 희생하려는 거지. 동생의 비밀을 알게
되자, 자기 자리를 양보하려 한 거지. 어때, 넌? 뭐 이해하기
어려운 일도 아니잖아……. 나는 줄리엣에게 다시 한번 이야
기하고 싶었어. 그런데 내가 말을 꺼내자마자…… 아니, 내
말을 알아듣기 시작하자마자 그녀는 앉아 있던 소파에서 벌

떡 일어서더니 몇 번이고 되풀이해서 '그럴 줄 알았어요.' 하는 거야. 그런데 그녀의 목소리는 너무나 뜻밖이어서 믿을 수가 없다는 투였어."

"아! 농담은 제발 그만해!"

"어째서? 하긴 나도 참으로 우스꽝스럽다고 생각해. 그녀는 자기 언니 방으로 뛰어갔어. 그러자 느닷없이 격렬한 소리가 들려와, 난 깜짝 놀랐지. 줄리엣과 다시 이야기를 해 봐야겠다고 생각하고 서 있었는데, 잠시 후에 방에서 나온 사람은 알리사였어. 알리사는 모자를 쓰고 있었는데, 나를 보고는 어색한 표정을 짓더니 재빠르게 '안녕하세요?' 하고 인사를 하며 지나가더군. 그것뿐이야……."

"줄리엣은 다시 보지 못했니?"

아벨은 약간 망설였다.

"봤어. 알리사가 가 버린 후에 방문을 열었지. 줄리엣은 난로 앞 대리석 위에 팔꿈치를 세우고 두 손으로 턱을 받친 채 꼼짝 않고 서 있었어. 거울 속의 자기 모습을 뚫어지게 노려보면서……. 내 기척을 알아채고는 돌아보지도 않은 채 발을 흔들어 대면서 '제발 나가 줘요!' 하는데, 그 어

조가 어찌나 매몰찬지 말 한마디 붙이지 못하고 나와 버렸
어. 그게 전부야."

"그래서 이제부터는?"

"아! 털어놓고 나니 기분이 좀 낫군. 그래서 이제부터는,
글쎄……. 넌 이제부터 줄리엣의 사랑이 식도록 해야겠지. 내
짐작이 틀리지 않는다면……. 그러기 전엔 알리사가 네게 돌
아오지 않을 거야."

우리는 오랫동안 말없이 걸었다.

"돌아가자. 손님들도 이제는 다 갔을 거야. 아버지가 날 기
다리실 지도 모르고……."

마침내 그가 말했다.

우리는 다시 돌아왔다. 과연 응접실은 텅 비어 있었다.

문간방에서는 장식이 다 떨어지고 촛불도 거의 다 꺼진 크
리스마스트리 옆에 이모와 그 두 아이들, 뷰콜랭 외삼촌, 미스
애슈버튼, 목사님, 사촌 누이들이 모여 있었다. 그리고 퍽 우
스꽝스러워 보이는 사나이가 이야기를 하고 있었다. 처음에
는 그가 줄리엣이 말하던 청혼자라는 것을 알지 못했다.

우리들 중 누구보다도 몸집이 크고 다부지며, 대머리에 혈

좁은 문 113

색이 좋아 보였다. 다른 계급, 다른 사회, 다른 태생의 그 사나이는 우리 사이에 끼어 있는 것이 퍽이나 어색하게 느껴지는 모양이었다. 그는 거추장스런 콧수염 아래로 희끗희끗한 카이사르 수염 끝을 초조한 듯 잡아 당겼다 비볐다 하고 있었다.

문이 활짝 열린 현관에는 이제 불도 켜 있지 않았다. 아벨과 내가 소리 없이 들어왔기 때문에 아무도 우리가 와 있는 줄 모르는 것 같았다. 순간, 오싹해지는 어떤 예감이 내 가슴을 죄었다.

"멈춰!"

아벨이 내 팔을 잡으며 말했다.

그때 우리는 그 낯선 사나이가 줄리엣에게 다가가서는, 그녀가 시선을 돌리지도 않은 채 아무런 저항도 없이 내맡긴 손을 잡는 것을 보았다. 캄캄한 어둠이 내 가슴을 뒤덮었다.

"아벨, 도대체 지금 무슨 일이 일어나고 있는 거야?"

마치 아직도 깨닫지 못한 것처럼, 혹은 내가 잘못 알았기를 바라는 것처럼 나는 중얼거렸다.

"글쎄! 저 애는 자기를 에누리해서 팔려는 거야."

그는 이빨 사이로 새어나오는 듯한 목소리로 말했다.

"자기 언니한테 지기 싫다, 이 말이지. 천사들도 하늘에서 박수갈채를 보내고 있을 게 틀림없어."

외삼촌이 나오더니 미스 애슈버튼과 이모에게 둘러싸여 있는 줄리엣의 뺨에 입을 맞추었다. 보티에 목사도 다가섰다.

이때 나는 한 걸음 앞으로 나섰다. 그러자 알리사가 나를 보고 뛰어오더니 온몸을 떨면서 말했다.

"제롬, 이럴 수는 없어. 그 애는 저 사람을 사랑하지 않아. 바로 오늘 아침에도 그렇게 말했어. 제발 좀 말려, 제롬. 아아! 저 애가 어떻게 되려고……."

알리사는 절망적인 심정이 되어 내 어깨에 매달렸다. 그녀의 고통을 덜어 줄 수만 있다면, 나는 목숨이라도 내어주고 싶었다.

갑자기 크리스마스트리 곁에서 고함 소리가 들리는가 싶더니, 이어서 웅성거리는 소리가 들려왔다.

우리는 그쪽으로 달려갔다. 줄리엣이 의식을 잃은 채 이모의 팔에 안겨 있었다. 모두가 다급히 그녀를 향해 몸을 굽히고 있어서 내게도 그녀의 모습이 또렷하게 보였다.

헝클어진 머리칼이 무섭도록 창백한 그녀의 얼굴을 귀로

잡아당기고 있는 듯했다. 그녀의 몸이 그처럼 경련하고 있는 것을 보면, 결코 예사로운 까무러침이 아닌 것 같았다.

"아니야! 아니야!"

이모는 벌써 어쩔 줄 몰라하는 뷰콜렝 외삼촌을 안심시키려고 큰 소리로 말했다.

보티에 목사도 집게손가락으로 하늘을 가리키며 외삼촌을 위로하고 있었다.

"아니야! 아무것도 아니야. 단지 흥분했기 때문이야. 신경이 예민해져 발작을 일으킨 것뿐이야. 테시에르 씨, 날 좀 거들어 줘요. 내 방으로 데리고 가야겠어요. 내 침대로……."

그리고 나서 이모가 자기 맏아들 쪽으로 몸을 굽혀 귀에 대고 몇 마디 속삭이자, 그는 의사를 부르러 가는 듯 곧 자리를 떴다.

이모와 그 청혼자는 그들 팔에 몸을 반쯤 젖힌 채 안기어 있는 줄리엣을 어깨 밑으로 손을 넣어 받치고 있었다. 그리고 자칫하면 뒤로 떨어질 듯한 머리를 받쳐 주면서, 몸을 굽혀 흐트러진 머리카락을 쓸어 모으며 마구 입을 맞추는 아벨의 모습이 눈에 들어왔다.

나는 방문 앞에 멈추어 섰다. 줄리엣은 침대 위에 뉘어졌다. 알리사가 테시에르 씨와 아벨에게 몇 마디 말을 했지만, 내겐 들리지 않았다.

　그녀는 문까지 그 두 사람을 따라 나와서 플랑티에 이모와 단둘이서 간호하고 싶으니, 자기 동생이 안정할 수 있도록 돌아가 달라고 당부했다.

　아벨이 내 팔을 잡아 밖으로 이끌어서, 우리는 어둠 속으로 나왔다.

　그리고는 오랫동안 거닐었다. 아무런 목표도, 기력도, 생각도 없이……

4

알리사에 대한 사랑만이 내 삶의 유일한 이유였다.

나는 그 사랑에 매달렸으며, 그녀로부터 오는 것이 아니면 아무것도 기대하지 않았다. 또 기대하고 싶지도 않았다.

그 다음 날, 내가 그녀를 만나러 가려고 준비하고 있는데 이모가 나를 불러 세우더니 금방 받은 편지를 내게 내밀었다.

줄리엣의 극심한 흥분은 의사 선생님이 처방해 준 약을 먹고 아침결에야 겨우 가라앉았습니다.

당분간 제롬이 이곳에 오지 않기를 바랍니다.

줄리엣이 그의 발걸음 소리나 목소리를 알아챌 수 있을 것 같아서인데, 지금 그 애에게는 절대적인 안정이 필요합니다.

줄리엣의 상태로 보아 아무래도 제가 이곳에 머물러야 할 것 같습니다.

제롬이 떠나기 전에, 제가 만나지 못하게 되면 후에 제가 편지하겠다고 전해 주세요.

이 방문 금지령은 순전히 나를 대상으로 한 것이었다.

이모나 그 외의 사람은 누구라도 뷰콜렝 댁의 초인종을 누를 수 있었고, 이모는 오늘 아침에도 거기에 갈 것이었다.

내 발걸음 소리? 목소리? 얼마나 어설픈 구실인가…….

아무든 좋다!

"좋습니다. 가지 않겠습니다."

알리사를 당장에 만나지 못하는 것은 견디기 힘든 일이었다. 그렇지만 다시 그녀를 만나는 것이 두렵기도 했다.

자기 동생의 병을 내 탓으로 돌리지나 않을까 두려웠다. 따라서 그녀가 화가 난 것을 보느니, 차라리 만나지 않는 편이 낫다는 생각도 했다.

하지만 아벨만은 다시 만나고 싶었다.

그의 집에 갔더니, 문간에서 하녀가 쪽지 하나를 전해 주었다.

네가 염려하지 않도록 몇 마디 적는다.

르아브르에서 이처럼 줄리엣 가까이 머물러 있는 것은 참으로 견디기 힘든 일이다.

간밤에 너와 헤어진 후 사잠프턴 행 배표를 샀다.

런던 S의 집에서 방학을 보낼 셈이야.

학교에서 다시 만나자.

인간으로부터 받을 수 있는 모든 도움이 한꺼번에 나를 저버렸다.

고통밖에 남아 있지 않은 체류를 더 이상 끌지 않고서, 나는 개학을 앞두고 파리로 돌아왔다.

나는 '진실을 향한 모든 은총과 완전한 은혜를 주시는' 하느님께로 눈길을 돌렸다. 그리고 나의 온갖 고행도 하느님께 바쳤다.

나는 알리사도 하느님께 평안을 구하고 있으리라 생각했다. 그녀도 기도하고 있으리라는 생각은 내 마음을 북돋아

주었으며, 나로 하여금 더욱 열성적으로 간구하게 했다.

알리사의 편지를 받고 내가 답장을 쓰는 것 외에는 이렇다할 일 없이 묵상과 공부를 하며 긴 시일을 보냈다.

나는 그녀의 편지를 모두 간직해 두었다. 나의 기억은 여기서부터 희미해지기 때문에 이 편지들로써 갈피를 잡을 수밖에 없다.

이모를 통해서 — 처음에는 이모만을 통해 르아브르의 소식을 들었다.

처음 며칠 동안 줄리엣의 상태가 몹시 좋지 않아 가족들이 얼마나 근심에 싸였는가를 알게 되었다.

내가 떠나온 지 이틀 만에야 나는 알리사로부터 다음과 같은 짧막한 편지를 받았다.

그리운 제롬, 좀 더 일찍 편지하지 못한 걸 용서해 줘.
가엾은 줄리엣의 상태가 그럴 겨를을 주지 않았어.
네가 떠난 후로, 나는 거의 그 애 곁을 떠나지 못했어.
고모에게 이곳 소식을 전해 주십사고 당부했는데, 그렇게 하셨겠지. 그래서 너도 알겠지만, 줄리엣은 사흘 전부터 좀 나아지고 있어.

나는 벌써부터 하느님께 감사드리고 있지만, 아직은 마음 놓고 기뻐할 수가 없어.

지금까지 로베르에 관해서는 별로 이야기한 적이 없었는데, 그는 나보다 며칠 후에 파리로 돌아와서 제 누이들의 소식을 전해 주었다.

오로지 그의 누이들 때문에, 나는 마음 내키는 이상으로 그를 보살펴 주고 있었다. 그가 다니던 농업학교가 쉴 때마다 나는 그를 찾아보았고, 그의 기분을 즐겁게 해 주려고 애를 썼다.

내가 알리사나 이모에게 감히 물어볼 수 없었던 일을, 그를 통해 알게 되는 경우도 있었다.

에두아르 테시에르는 줄리엣의 병세를 알아보려고 꾸준히 찾아왔으나, 로베르가 르아브르를 떠날 때까지도 줄리엣은 그를 만나려 하지 않았다는 것이다.

그리고 내가 떠나온 이래로 줄리엣은 자기 언니 앞에서 완

강하게 침묵을 지키고 있다는 것도 알았다.

그러고 나서 얼마 후에 — 내가 예측하기로는 — 알리사가 곧 깨어지기를 바랐던 줄리엣의 약혼을, 줄리엣 자신이 하루바삐 공식적인 것으로 해 주길 바란다는 사실을 나는 이모를 통해서 알았다.

충고도 명령도 애원도 소용없게 된 이 결심은 그녀의 가슴에 아로새겨졌고, 그녀의 눈을 가려 버렸으며, 그녀를 침묵 속에 가두었던 것이다.

세월이 흘렀다.

하긴 나도 그녀에게 무엇이라고 편지를 써야 할지 몰랐지만, 알리사로부터는 실망스러울 정도로 짤막한 편지밖에는 받지 못했다.

짙은 겨울 안개가 나를 둘러싸고 있었다. 학업도, 그리고 나의 사랑과 신앙에 대한 열정도……. 아아! 나의 마음에서 어둠과 추위를 털어 내지는 못했다.

세월이 흘렀다.

그러다가 느닷없이 찾아든 어느 봄날 아침, 이모에게 보내

온 알리사의 편지를 ── 그때 마침 르아브르에 계시지 않던 ── 이모가 내게 전해 주었다.

그 편지 가운데 이야기를 밝혀 줄 수 있는 몇 부분을 여기에 적는다.

……저의 고분고분함을 칭찬해 주세요. 고모님이 시키신 대로 테시에르 씨를 만나 그분과 한참 이야기했어요.

이야기를 통해서 그가 나무랄 데 없는 사람이라는 것도 알게 되었고, 또 솔직히 말씀드리면 처음에 제가 두려워했던 것처럼 이 결혼이 불행하게 되지 않으리라는 것도 믿을 수 있게 되었어요.

물론 줄리엣이 그분을 사랑하지 않는 것은 분명하지만, 시간이 지남에 따라 그분은 사랑받을 가치가 있는 사람이라고 생각되는군요.

그분은 이번 일이 일어나게 된 저간의 사정도 잘 알고 있고, 줄리엣의 성격도 잘 파악하고 있었어요. 그런데다 그분은 줄리엣에 대한 자기 사랑의 능력에 자신을 갖고, 자신의 꾸준한 마음이 반드시 모든 것을 극복하고 말 것이라고 확신하고 있더군요. 말하자면 줄리엣에게 정신없이 빠져 있는 거예요.

또한, 저는 제롬이 로베르를 잘 돌봐 주는 데 대해 뭐라 말해야 좋을지 모르겠어요. 너무나 고맙지만, 아무래도 제롬이 일종의 의무감 때문에 그렇게 해 주는 것 같아서 마음이 쓰여요.

왜냐하면 제롬과 로베르는 성격이 매우 달라서 쉽지 않을 거예요. 그런데도 저를 기쁘게 해 주고 싶어서 그러는 게 아닐까 싶네요.

하지만 제롬도…… 수행해야 할 의무가 벅차면 벅찰수록, 의무가 영혼을 가꾸어 주고 향상시켜 준다는 사실을 깨달았을 거예요.

이건 매우 지고한 생각이죠? 이런 이야기를 하는 큰 조카딸을 보고 너무 웃지는 마세요. 왜냐하면 줄리엣의 결혼을 좋은 일이라고 바라보도록 힘쓰는 저를 받쳐 주고 도와주는 것이 바로 이러한 생각에서 비롯되거든요.

고모님께서 그처럼 살뜰하게 염려해 주시니 얼마나 기쁜지 몰라요. 고모님, 하지만 제가 불행하다고는 생각지 말아 주세요. '저는 오히려 그 반대예요.'라고 말씀드리고 싶어요.

왜냐하면 줄리엣을 휩쓸고 간 시련이 제 마음속에서 그 반동을 일으켰거든요. 잘 이해하지도 못한 채 되풀이해서 읽던 성경의 이 말씀이 갑자기 저를 환히 밝혀 주었기 때문이에요.

'인간을 믿는 자는 불행하니라……'

이 말씀은, 제가 성경에서 찾아내기 훨씬 전에 — 제롬이 아직 열두 살도 채 못 되고, 제가 열네 살이 되던 해에 — 제롬이 제게 보내 준 자그마한 크리스마스카드에서 읽은 적이 있어요.

그 카드에는 그 당시 저희들에게 퍽 아름다워 보였던 꽃다발 곁에, 코르네이유의 주석이 달린 이런 시구가 적혀 있었어요.

> 오늘 사바세계로부터
> 나를 주께로 이끄는 힘은
> 어떤 불가항력적인 힘인가?
> 인간의 무리 위에
> 지주를 세우는 자는
> 불행하리라.

126

솔직히 말씀드려, 저는 이 시구보다는 예레미야의 그 간결
한 구절을 좋아합니다.

필경 제롬도 그 당시에는 이 구절에 별다른 주의를 하지
않은 채 카드를 골랐을 거예요. 그렇지만 요즘 제롬의 경향이
저와 무척 비슷하거든요.

그래서 저는 날마다 저희들을 동시에 하느님께로 가까이
갈 수 있도록 해 주신 것에 대해 감사드리고 있답니다.

고모님! 저는 고모님과 나누었던 이야기를 생각하면서, 제
롬에게 그전처럼 기다란 편지를 보내지 않기로 했어요. 공부
하는 제롬을 방해하지 않으려고요.

이런 식으로라도 제롬에 대한 이야기를 함으로써, 제가 직
접 그와 이야기하지 못하는 것에 대해 보상받으려 한다고 고
모님께서 생각하실 지도 모르겠네요.

자꾸만 쓰게 될까 봐 두려워서 이만 그치겠어요. 이번만은
너무 꾸중하지 말아 주세요, 네?

이 편지를 읽고 나는 얼마나 많은 생각을 했는지 모른다.
나는 이모의 경솔한 참견 — 편지 속에서 알리사가 잠깐

비친 이야기, 내게 침묵을 지킨 그 이야기란 무엇이었을까?
— 그리고 내게 이 편지를 전해 주도록 이모를 충동한 그 어색한 친절을 저주했다.

내가 알리사의 침묵을 견딜 수 없게 될 바에야, 그녀가 이젠 나에게 하지 않는 말을 다른 사람에게 써 보내고 있다는 사실을 차라리 모르게 내버려 두는 편이 훨씬 더 좋지 않았을까……?

생각이 여기에 이르자, 이러한 모든 상황이 나를 짜증나게 했다.

우리 둘 사이의 사소한 비밀들을 이처럼 쉽게 이모에게 이야기하다니……. 게다가 그 자연스런 어조, 그 침착함, 그 진지한 태도, 그 쾌활한 문장…….

"그게 아니라니까. 이 편지는 알리사가 너에게 보낸 편지가 아니라는 사실 외엔, 화낼 건더기가 아무것도 없어."

아벨이 말했다.

그는 내 일상생활의 단짝이었고, 성격상의 차이에도 불구하고 또는 오히려 그 차이 때문에 아벨에게만은 여러 가지 이야기를 할 수 있었다. 외로울 때면 약해지는 마음, 울고 싶도록 남의 동정을 구하고 싶은 마음, 스스로에 대한 불신, 그리고 내가 곤란한 처지에 놓일 때도 내가 그에 대해 지니고 있는 신뢰 때문인지 언제나 내 마음은 그에게 기울어지곤 했다.

"이 편지나 좀 연구해 보자!"

그는 편지를 자기 책상 위에 펼치며 말했다.

이미 나는 사흘 밤을 분한 마음으로 보냈으며, 그 분노를 나흘이나 가슴 깊이 간직하고 있었다. 그러다가 마침내는 아벨이 하는 이야기에 나도 모르게 끌려들어갔다.

"줄리엣과 테시에르의 문제는 사랑의 불길 속에 내던져 버리자꾸나. 그렇지 않니? 사랑의 불길이 어떠한 것인지, 너나 나나 잘 알잖아……. 테시에르는 그 불길 속에 뛰어들어 타죽는 나방인 셈이지……."

"그런 이야긴 그만두고, 나머지 문제를 살펴보자."

나는 그의 농이 귀에 거슬려 얼른 말했다.

"나머지 문제? 나머지 문제야, 모두 너에 관한 것이지 않니? 한탄할 것이 있으면 멋대로 한탄해 봐! 편지 속의 단 한 줄, 단 한 마디라도 너의 마음이 울렁대지 않는 게 있겠어?

편지의 사연 하나하나가 너를 향한 것이라고 말해도 과언이 아닌데 말이야. 플랑티에 아주머니는 이 편지를 네게 전해 줌으로써 결국 편지가 본래의 주인에게 돌아오게 한 것뿐이라고. 최악의 경우, 알리사가 그 마음씨 좋은 아주머니에게 편지를 부칠 수밖에 없었던 것은 모두가 네 탓이야. 도대체 네 이모한테 코르네이유의 시구가 무슨 소용이 있겠니? 말이 났으니 말이지, 알리사는 라신느의 시를 빌어서 너와 이야기하고 있는 거야. 알리사는 이 모든 것을 바로 너에게 이야기하고 있는 거라고. 앞으로 두 주일 내에, 알리사로 하여금 이만큼 길고 자연스러운 편지를 네게 쓰도록 하지 못한다면 넌 정말로 바보야."

"그녀에게 그런 일을 바랄 수는 없어……."

"그건 네가 어떻게 하느냐에 달려 있어. 내 의견을 좀 들어볼래? 이제부터 당분간은 너희들 사이의 사랑이나 결혼에 관해서는 한마디도 이야기하지 마. 제 동생의 일이 있는 다음에…… 알리사가 원망을 품고 있는 것이 바로 그 일이라는 걸 네가 모르지 않잖아. 그러니까 이제부터는 알리사가 로베르를 생각하는 애정이라는 면에서 공작을 해 봐. 그리고 네가 기왕에 그 바보 녀석을 돌봐 주는 참을성을 발휘하고 있다면, 알리사에게는 꾸준히 로베르에 대해서만 써 보내. 계속해서 알리사의 머리만 즐겁게 해 주라는 얘기야. 그렇게 되면 남은 일은 잘될 거야. 아아! 편지를 써야 하는 사람이 나라면……."

"너는 그녀를 사랑할 자격이 없어!"

그러면서도 나는 아벨의 의견을 따랐다.

그러자 아벨의 예상대로 알리사의 편지가 다시 활기를 띠기 시작했다.

그러나 나는 줄리엣의 행복 — 아니, 행복까지는 아니라 하더라도 — 줄리엣의 입장이 확실해지기 전까지는 진정한 기쁨이나 온갖 것을 거리낌 없이 내맡기는 마음을 알리사로부터 기대할 수 없다고 생각했다.

알리사가 줄리엣에 대해 보내 주는 소식은 차츰 낙관적으로 변해 갔다. 줄리엣의 결혼식이 7월에 거행된다는 것이었다. 그 무렵이면 아벨과 내가 학업에 얽매여 있으리라는 것을 잘 알고 있다고 알리사는 써 보내왔다.

나는 그녀가, 우리가 식에 참석하지 않는 편이 더 낫다고 생각한다고 짐작했다. 그래서 우리는 시험을 핑계 삼아 축하의 편지를 보내는 것으로 인사를 대신했다.

결혼식이 있는 지 약 두 주일 후에, 알리사에게서 다음과 같은 내용의 편지를 받았다.

그리운 제롬!

어제 우연히 네가 준 아름다운 라신느의 시집을 펼치다가…… 벌써 10년이 다 되도록 내 성경책 속에 간직되어 있는, 그 오래되고 자그마한 크리스마스카드에 적힌 몇 줄의 시구를 발견했어.

내가 얼마나 놀랐는지 상상해 보렴.

오늘 사바세계로부터
나를 주께로 이끄는 힘은
어떤 불가항력적인 힘인가?
인간의 무리 위에
지주를 세우는 자는
불행하리라.

나는 그것이 코르네이유의 주석에서 발췌된 것이라고 알고 있었고, 솔직히 거기서 별다른 감흥을 느끼지 못했었어.

그런데 매우 영적인 그 제4송가를 읽어 나가다가, 네게 전해 주지 않으면 안 될 만큼 아름다운 구절을 찾아냈어.

그 책 여백에 네가 마구 적어 놓은 첫 글자들로 미루어, 너는 이미 알고 있는 모양이지만 — 사실 그녀에게 알려 주고 싶은 좋은 구절이 있을 때마다, 나는 내 책이나 그녀의 책에 그녀 이름의 글자를 써 넣는 버릇이 있었다. — 상관없어. 내가 즐거워서, 그것을 일부러 옮겨 쓰는 거니까.

나는 내가 찾아냈다고 생각한 것이 사실은 네가 가르쳐 준 것이라는 걸 알게 되자 다소 약이 오르긴 했지만, '너도 나처럼 이것을 좋아했구나.' 하는 즐거움 앞에서 그런 어리석은 생각은 일시에 날려 버렸어.

그것을 다시 옮겨 쓰고 있노라니, 마치 너와 함께 그것을 읽고 있는 것만 같아.

불멸하는 지혜의 목소리
우렁차게 울려

우리에게 가르치기를
인간의 자식들이여,
너희 심려로 얻은 열매는 무엇이뇨?
헛된 영혼들이여, 그 무슨 잘못으로
너희 핏줄의 가장 깨끗한 피로써
영양을 주는 빵이 아닌,
더욱 허기지게 하는 그림자를
그토록 번번이 사들이느뇨?

내가 너희에게 권하는 이 빵은
천사들의 양식이니
주께서 먼저 밀을 고르시어
손수 만드신 양식이로다.
이 향기로운 빵은
너희가 따르는 세상 무리들의
식탁 위에는
결코 오르지 않으리라.
나를 따르는 자에게 주리라.

가까이 오라, 살기를 원하는 자!

들라, 먹으라, 그리고 살라!
....
복되어라, 사로잡힌 영혼은
주의 굴레 안에서 평화를 찾으며
영원히 마르지 않는 생명수로
목을 축일 것이로다.
누구나 와서 마실 수 있는 물
이 물은 뭇 사람을 부르노라.
그러나 우리가 미친 듯이 찾아다니는 물은
진흙투성이 더러운 샘물이거나
언제나 흘러가 버리는
거짓된 웅덩이뿐이로다.

제롬, 너무나 아름답지 않니? 너도 나만큼 이 시가 아름답다고 생각하겠지…….

내가 가지고 있는 책의 주를 보면, 도말르 양이 부르는 이

송가를 듣고 감탄해 마지않은 맹트농 부인이 눈물을 흘리면서 그 곡의 일부를 되풀이해 부르게 했대.

나도 이제는 이 송가를 외울 수 있는데, 아무리 읊어도 싫증이 나지 않아.

그저 한 가지 섭섭한 일은, 네가 이 송가를 읽는 걸 들어보지 못했다는 것뿐이야.

신혼여행을 떠난 부부에게서는 계속 반가운 소식만 전해져 오고 있어. 찌는 듯한 더위에도 줄리엣이 베이욘느와 비아리츠에서 얼마나 즐거워했는지는 너도 이미 알고 있지.

다음에 그들은 퐁따라비에를 거쳐 뷔르고스에 머물렀다가 피레네 산맥을 두 번이나 넘었대.

지금 몽세라에서 줄리엣이 보낸 편지가 도착했어.

그들은 열흘쯤 바르셀로나에 머물렀다가, 포도 수확을 위한 준비 때문에 9월 이전에 님므로 돌아올 작정이래.

일주일 전부터 아버지와 나는 퐁그즈마르에 있어. 내일이면 미스 애슈버튼이 오실 것이고, 로베르도 나흘 후에는 오게 되어 있어.

그 애가 가엾게도 시험에 실패했다는 것은 너도 알고 있겠지. 어려웠다기보다는 시험관이 워낙 문제를 이상하게 내는 바람에 그만 당황했던 모양이야. 네 편지에도 그 애가 열심히 공부한다고 얘기한 것으로 보아, 로베르가 시험 준비를 소홀하게 했다고는 생각지 않아. 아무래도 그 시험관이 학생들을 그렇게 골탕 먹이는 데 재미를 느낀 모양이야.

제롬, 너의 합격에 대해서는 내가 새삼스럽게 축하할 필요가 없겠지? 그만큼 나에겐 당연한 일로 여겨지니까. 나는 이처럼 너를 믿고 있는 거야.

제롬! 네 생각만 하면 내 가슴은 온통 희망으로 부풀어 올라.

전에 나에게 이야기하던 그 연구를 지금 당장이라도 시작할 수 있는 거야?

……이곳 정원은 아무것도 변한 게 없어. 하지만 집안은 텅 빈 것 같아. 왜 내가 올해는 오지 말라고 당부한 이유를 이해할 수 있을 거야. 그렇게 하는 편이 좋을 것 같아서 그랬어. 날이면 날마다 마음속으로 이 말을 되풀이하고 있어.

이처럼 오랫동안 너를 만나지 못하고 지내는 것이 얼마나 힘이 드는지, 가끔 나도 모르게 너를 찾을 때가 있어. 책을 읽다가도 문득 고개를 돌리곤 해……. 마치 네가 거기 있는 듯해서.

다시 편지를 계속 쓰고 있어. 밤이야. 모두가 잠들었고, 나는 열려진 창 앞에서 지금 늦도록 네게 편지를 쓰고 있어. 정원은 향기로 가득 찼고 바람도 따스해.

생각나니? 우리가 어렸을 때 아름다운 것을 보거나 듣기만 하면 '감사합니다, 하느님. 이런 것을 만들어 주셔서…….'라고 기도했던 것 말이야.

오늘 밤 나는 진정으로 '감사합니다, 하느님. 이처럼 아름다운 밤을 만들어 주셔서!'라고 생각했어. 그러자 나는 갑자기 네가 내 곁에 있었으면 했고, 순간 네가 내 곁에 있다는 것을 느꼈어. 너무도 사무쳐서 아마 너도 느꼈을 거야.

그래, 편지에서 너는 곧잘 '고귀하게 태어난 영혼에게는' 감탄이 감사와 함께 얽혀졌다고 말했었지…….

아직도 얼마나 쓸 것이 많은지 몰라…….

지금 나는 줄리엣이 써 보낸 그 빛나는 나라를 생각하고 있어. 좀 더 넓고, 좀 더 빛나고, 좀 더 쓸쓸한 다른 나라들을……

언제일지 모르지만, 알지 못하는 신비로운 나라를 우리가 함께 보게 되리라는 이상한 신념이 내 가슴속에 깃들어 있어…….

내가 얼마나 큰 기쁨으로, 얼마나 사랑에 흐느끼면서 이 편지를 읽었을는지는 쉽사리 짐작할 수 있을 것이다.

뒤이어 또 다른 편지들도 잇달아 왔다.

물론 알리사는 퐁그즈마르에 내가 가지 않은 것을 고마워하고, 그해에도 그녀를 만나러 오지 말아 달라고 간청했다. 그러면서도 그녀는 나를 보지 못해 섭섭해했고, 이제는 내가 곁에 있기를 바라고 있는 것이었다.

그렇듯 편지마다 나를 부르는 그녀의 목소리가 울려 나오고 있었다.

그렇다면 이를 견뎌 낼 힘을 나는 어디서 얻었을까?

필경 아벨의 충고와 갑자기 나의 기쁨을 허물어뜨리지나

않을까 하는 두려움에서일 것이다. 또한 마음이 끌려들지나 않을까 하는 의구심과 자연적인 긴장감에서였을 것이다.

그 뒤에 온 편지들 중에서 이 이야기와 연관 있는 것을 모두 적어 보겠다.

그리운 제롬!

네 편지를 읽노라면 온몸이 기쁨으로 녹아내리는 것 같아. 오르비에토에서 부친 편지에 답장하려던 참인데, 페루즈와 아시시에서 쓴 편지가 동시에 도착했어.

내 마음은 여행 중이고, 몸만 이곳에 있는 것 같아. 정말 나는 너와 함께 옹브리의 하얀 길을 걷고 있어. 아침이면 너와 함께 길을 떠나고, 아주 새로운 눈으로 동터오는 하늘을 바라보고……. 정말 코르토느의 언덕 위에서 나를 불렀니? 그래, 나도 네가 부르는 소리를 들었어…….

아시시 너머의 산에서는 몹시 목이 말랐어! 그때 프란치스코 수도회의 수사님이 준 한 컵의 물이 얼마나 달았는지!

오, 제롬! 나는 너를 통해서 모든 것을 보고 있어. 성 프란치스코에 대해서 네가 써 보내 준 이야기는 얼마나 좋았는지 몰라!

그래, 마음의 해방이 아니라 마음의 감격을 찾아야 해. 마음의 해방이란 언제나 두려워해야 할 오만이 뒤따르기 마련이니까. 야망은 반항하기 위해서가 아니라 봉사하기 위해서 써야 할 거야.

님므에서 오는 소식들은 너무나 좋은 것이어서, 이제는 나도 기쁨에 몸을 맡겨도 괜찮다고 하느님께서 허락해 주신 것 같아.

올여름의 단 한 가지 근심거리는 아버지의 상태야. 내가 여러 가지로 마음을 쓰고 있지만, 아버지께선 늘 쓸쓸해하시는 것 같아. 아니, 그렇다기보다는…… 내가 아버지를 혼자 계시게 내버려 두면 이내 쓸쓸한 기분으로 돌아가시는데, 그 마음을 돌리는 것이 점점 더 어려워지고 있어.

우리를 둘러싸고 있는 자연의 온갖 기쁨도 언젠가부터 아버지에게는 아무 상관없는 일이 되어 가고 있어. 아름다운 소리도 낯선 언어가 되어 가는지, 전혀 귀 기울이려 하시지 않고 말이야.

미스 애슈버튼은 잘 지내고 계셔. 네 편지를 늘 두 분께 읽어 드리는데, 너의 편지가 올 때마다 사흘 정도는 그 이야기로 시간을 보내곤 해. 그러다 보면 또 다음 편지가 오고…….

로베르는 그저께 이곳을 떠났어. 나머지 방학을 R이라는 친구 집에서 보내겠다는데, 그 친구의 아버지가 모범 농장을 경영하고 계시대.

그 아이는 이곳 생활을 즐거워하지 않는 것 같아서, 떠나겠다고 말했을 때도 그의 계획에 찬성하는 수밖에 도리가 없었어.

……하고 싶은 말이 너무 많아. 끝없이 이야기하고 싶어! 때로는 말이나 생각이 잘 떠오르지 않아 애를 태우기도 하는데, 오늘 저녁에는 꿈꾸듯이 쓰고 있어. 어떤 무한한 부를 은밀히 주고받는 것처럼, 숨 막히는 느낌만을 품은 채 말이야.

우리는 어떻게 그토록 긴 몇 달 동안을 서로 침묵한 채 지낼 수 있었을까? 아무래도 둘 다 겨울잠을 잤던 것이 분명해. 그렇지 않고서야…….

오, 그 두렵고 무거운 침묵의 겨울이 영원히 끝나기를! 너를 다시 찾고부터는 일상생활이나 생각, 그리고 우리의 영혼까지…… 모든 것이 한없이 아름답고 사랑스럽고 풍요롭게만 보여.

9월 12일

피사에서 보낸 네 편지는 잘 받았어. 여기도 눈부실 만큼 날씨가 화창해. 여태껏 나에게 노르망디가 이처럼 아름다워 보인 적이 없을 정도로…….

그제는 목표도 없이 벌판을 가로질러 발길 닿는 대로 한참 동안 거닐었어. 태양과 기쁨에 흠뻑 취해서인지, 집에 돌아왔을 때는 피곤하다기보다는 오히려 기분 좋은 흥분이 나를 감싸는 것 같았어.

타는 듯한 햇살 아래 쌓여 있는 짚더미들이 얼마나 아름다웠는지……! 구태여 내가 이탈리아에 있다고 상상하지 않아도, 온갖 것들이 놀랍도록 아름다워 보였어.

그래, 제롬……. 네가 말하듯이, 대자연의 '은은한 찬가' 속에서 내가 듣고 깨달은 것은 환희 그 자체였어. 새들도 환희를 노래했고, 한 송이 꽃도 향기를 통해 나를 환희로 이끌었어.

그래서 나는 기도의 유일한 형식은 예찬이란 것밖에 없다는 사실을 이해할 수 있게 되었고, 형언할 수 없는 사랑에 가슴 벅차하며 성 프란치스코와 함께 '주여! 주여!' 하고 되풀이하고 있어.

그렇다고 해서 내가 무식쟁이가 되어 버리지는 않을까 하고 걱정하진 마. 요즈음 책을 많이 읽고 있어. 며칠간 비가 온 덕택으로, 나의 예찬을 책 속에 집어넣은 것만 같아.

말브랑슈를 읽고 나서 곧 라이프니츠의 〈클라크에의 편지〉를 읽기 시작했어. 그리고는 좀 쉴 생각으로 셸리의 〈첸치〉를 별다른 감흥도 없이 그냥 읽었어. 〈미모사〉도 읽었고……

혹 네가 화를 낼지도 모르지만, 지난여름에 함께 읽었던 키츠의 오드 네 편과 바꾼다면…… 셸리와 바이런 전부를 주어도 아깝지 않을 것 같아. 마찬가지로 보들레르의 소네트 몇 편과 위고 전부를 내어줄 수도 있을 것 같고 말이야.

'위대한 시인'이란 칭호는 아무런 의미도 없어. 가장 중요한 것은 '순수한 시인'이니까……

제롬! 이 모든 걸 알게 하고, 이해시켜 주고, 사랑할 수 있도록 이끌어 줘서 정말 고마워.

……그리고 제롬, 며칠 동안의 만남을 위해 네 여행을 단축
시키지는 마. 아직은 만나지 않는 편이 좋을지도 몰라.

나를 믿어 줘. 네가 내 곁에 있다 하더라도, 지금보다 더
너를 생각할 순 없을 거야. 너를 괴롭히고 싶지는 않지만, 네
가 내 곁에 있기를 바라지 않게 되었어.

솔직히 말해서, 네가 오늘 저녁에 온다는 걸 알게 되면 나는
달아나 버릴 거야.

오오, 제발 이 감정에 대한 설명을 요구하지는 말아 줘.

내가 다만 말할 수 있는 것은 끊임없이 너를 생각하고 있고
― 이것으로 너는 충분히 행복할 수 있어. ― 그리고 나는
이대로 행복하다는 거야.

나는 이 마지막 편지를 받은 지 얼마 안 돼서, 이탈리아에서
돌아오자마자 군에 징집되어 낭시로 이송되었다.

그곳에는 아는 사람이 하나도 없었으나, 나는 혼자 있게
된 것을 기껍게 받아들였다.

그녀에게 사랑받고 있다는 내 긍지로서나 또한 알리사에게
있어서나…… 이렇듯 그녀의 편지만이 나의 유일한 안식처이

며, 또 그녀에 대한 추억만이 —롱사르의 말처럼 — '나의 유일한 마음'이라는 사실을 고즈넉하게 지냄으로써 한층 뚜렷이 알게 되었기 때문이다.

사실 나는 우리에게 부과된 엄격한 군 규율도 쉽게 견뎌 냈다. 나는 모든 일에 마음을 굳게 다지고 임했다. 다만 알리사에게 쓰는 편지에서 함께 있지 못함을 아쉬워할 뿐이었다.

그리하여 우리는 그토록 오래 헤어져 있는 중에도, 우리들의 용기에 어울리는 시련을 찾아내기까지 했던 것이다.

그런 나에게 알리사는 '결코 하소연하지 않는 너', 혹은 '약한 모습을 상상할 수 없는 너'라고 써 보내기도 했다.

그녀의 말에 대한 증거를 보이기 위해서라면 무엇인들 내가 견뎌 내지 못하겠는가…….

우리가 헤어진 지 거의 1년이 지나갔다. 하지만 알리사는 그런 것을 생각해 보지도 않은 것 같았고, 단지 이제부터 기다리기 시작한다는 듯한 태도를 보였다.

나는 그녀에게 그 점을 항의했다. 그러자 그녀는 이런 답장을 보내왔다.

이탈리아에서도 나는 너와 함께 있지 않았니? 나는 하루도 네 곁을 떠나지 않았는데, 그것을 모르다니……!

지금 잠시 너를 따라가지 못하는 것을 이해해 줘! 그리고 단지 이것만이 내가 '떨어져 있다.'고 부르는 거야.

정말이지 나는 군인이 된 너를 상상해 보려고 무척 애를 써. 하지만 도무지 떠오르지가 않아.

그저 저녁이면 강베타 거리의 조그마한 방에서 글을 쓰고 있거나, 책을 읽고 있는 너를 상상해 보는 것이 고작이야. 그런데 그것마저도 또렷하지가 않아.

아마도 1년 후쯤 퐁그즈마르나 르아브르에서 너를 다시 볼 수 있지 않을까…….

1년! 이미 가 버린 날들을 헤아리는 건 아냐. 나의 시선은 서서히 다가오고 있는 미래의 한 점을 향하고 있어.

정원 안쪽의 낮은 흙담, 생각나니? 그 밑에 바람을 피해 국화가 피어 있었고, 우리가 위험을 무릅쓰고 돌아다니던 그 낮은 흙담 말이야. 줄리엣과 너는 곧장 천국으로 들어가려는 회교도처럼 겁도 없이 걸어 다니곤 했지.

그런데 난 몇 걸음 내딛기만 하면 현기증이 났고, 그때마다 네가 밑에서 소리를 질렀었어.

"발밑을 보지 말란 말이야! 앞을 보고, 그대로 똑바로 걸어! 목표를 정하고!"

그러고는 마침내 ─ 소리치는 것보다 그편이 더 좋았어. ─ 넌 담 저쪽 끝으로 올라가서 나를 기다려 주었지. 그러면 난 더 이상 떨리지 않았어. 현기증도 사라져 버렸고…… 오직 너만을 바라보고, 팔을 벌리고 있는 너를 향해 나는 다가가곤 했었지.

제롬! 너에 대한 믿음이 없었다면, 나는 어떻게 되었을까? 나는 네가 강하다는 것을 느낄 때 힘이 나.

그러니 약해지면 안 돼! 난 네가 필요해…….

일종의 도전적인 기분으로, 또 불완전한 재회에 대한 두려움도 있고 해서 ─ 마치 일부러 그러는 것처럼 ─ 우리의 기다림을 짐짓 연장하며, 설날 무렵 며칠간 주어진 휴가를 파리에 있는 미스 애슈버튼 곁에서 보내는 데 우리는 합의했다.

앞에서도 말했지만, 내가 알리사로부터 받은 편지들을 모두 옮겨 쓰고 있는 건 아니다.

2월 중순경에는 다음과 같은 편지를 받았다.

그저께 뤼 드 파리를 걷다가 M 서점 진열대에서, 전에 네가 알려 주긴 했지만 그 사실에 대해서는 믿을 수가 없었던 아벨의 책을 보고 무척 놀랐어.

나는 참을 수가 없어서 서점으로 들어갔어. 그렇지만 그 제목이 너무나도 야릇하여, 점원에게 감히 말할 수가 없었어. 주저하다가 아무 책이나 사 들고 나와 버릴까 하고 생각했을 정도였으니까.

다행히도 카운터 옆에 〈교태〉가 작은 무더기로 쌓여 있어서 한 권을 뽑아 들고는, 입도 열지 않고 백 수우를 집어던지듯 내고 나왔어.

아벨이 그 책을 내게 보내 주지 않은 데 대해 감사하고 있어. 얼굴이 붉어져 책장을 넘길 수가 없었거든. 그 책 자체 때문이 아니라 — 그 책에서 나는 외설스러움보다는 우둔함을 더 많이 발견했어. — 아벨이, 너의 친구 아벨 보티에가 이 책을 썼다는 사실이 면구스러웠어.

〈르 탕〉 지(誌)의 평론가가 말한 그 '위대한 재능'을 찾아
보느라 한 장 한 장 넘겨보았지만 헛수고였어.

아벨의 이름이 이곳 르아브르의 사교계에서는 곧잘 화제에
오르는 모양인데, 이 책에 대한 평판이 퍽 좋다고 들었어. 고
칠 길 없는 이 경박성이 '경묘함'이나 '우아함'이라고 평가받
고 있는 것 같아.

물론 나는 조심하면서 신중함을 지키고 있어. 책에 대한
이러한 느낌도 단지 네게만 이야기하는 거야.

처음에는 무척 난감해하던 보티에 목사님도, 이제는 그 책
속에 무슨 자랑거리가 담겨 있지 않나 하고 생각하기 시작한
것 같아. 주위 사람들도 저마다 목사님께 그것을 믿게 하려고
애를 쓰고 있고……

어제만 해도 플랑티에 고모님 댁에 여러 사람이 모였는데,
M 부인이 갑자기 이렇게 말하는 거야.

"아드님이 크게 성공하셨으니 기쁘시겠습니다, 목사님."

그러니까 목사님이 좀 당황하면서 이렇게 대답하셨어.

"뭘요, 아직 그렇게까지는 생각지 않고 있습니다."

그러자 고모님이 이렇게 말씀하시는 거야.

"하지만 곧 그렇게 생각되실 거예요."

물론 고모님의 말에 악의는 없었지만, 그 어조가 워낙 단정적이어서 모두 웃기 시작했지. 목사님도 웃으셨고…….

볼르바르의 어느 극장에서 상연하려고 준비하고 있다는 말도 들리고, 신문에서도 벌써부터 언급하고 있는 '신(新)아벨라르'가 상연되면 도대체 무슨 꼴이 될까!

가엾은 아벨! 이것이 바로 그가 원하고 또 만족할 만한 성공인 것일까…….

어제 나는 〈마음의 위안〉에서 이런 구절을 읽었어.

'참되고 영원한 영광을 진실로 바라는 자는 한때의 영광을 마음에 두지 않느니라. 마음속에서 한때의 영광을 가볍게 여기지 않는 자는 천상의 영광을 귀하게 여기지 않음을 스스로 드러내는 것이니라.'

그걸 읽고 나서, 나는 이렇게 기도했어.

'하느님! 지상의 어떤 영광과도 비길 수 없는 이 성스러운 영광을 위해, 제롬을 선택해 주심에 감사드립니다.'

몇 주, 몇 달이 단조로운 근무 속에서 흘러갔다. 그러나 늘 추억이나 희망에만 마음을 쏟으며 살아서인지, 세월이 느리다거나 시간이 길다는 것을 별로 느끼지 못했다.

외삼촌과 알리사는 6월에 해산할 줄리엣을 보러 님므로 갈 예정이었다.

그런데 좀 좋지 않은 소식이 와서, 그들은 출발을 서둘렀다.

알리사한테서 다음과 같은 편지가 왔다.

르아브르로 보낸 네 마지막 편지는 우리가 막 그곳을 떠난 뒤에 도착했어. 8일이나 지나서야 겨우 내 손에 들어왔어. 어떻게 된 영문인지……

한 주일 내내 나는 뭔가 허전하고 두렵고 위축된 마음을 끌어안고 지냈어.

오, 제롬! 나는 이제 더 이상 내가 아니고, 오직 너와 함께 있어야 참된 나 자신일 수 있어.

줄리엣은 다시 건강해져 가고 있어. 오늘일까 내일일까 하고 해산을 기다리는 중이야. 별걱정은 없어.

오늘 아침에 내가 네게 편지를 쓴다는 것도 그 애는 알고 있어.

"제롬은 어떻게 됐어? 여전히 편지해?"

우리가 에그비브에 도착한 다음 날 그 애가 이렇게 묻기에, 나는 감추지 않고 그렇다고 말해 줬어.

그랬더니 잠시 망설이다가 부드럽게 미소를 지으면서, 이렇게 말했어.

"이번에 편지할 땐, 이젠 다 나았다고 말해 줘."

언제나 쾌활한 그 애의 편지를 받을 때마다, 나는 혹시 그 애가 짐짓 행복을 가장하고 있지나 않을까, 그리하여 자기 자신도 그러한 기분에 잠겨든 것이 아닌가 하고 걱정했었어.

그런데 지금 와서 생각하니, 그 애가 행복이라 생각하고 있는 것은 그 애가 꿈꾸던 것이나 그 애의 행복을 좌우한다고 생각하던 것과는 너무나 다른 것이었어.

아! 사람들이 행복이라 부르는 것은 어쩌면 이다지도 영혼과 밀접한 것일까! 행복을 이루는 것처럼 보이는 외적 요소들은 어쩌면 이다지도 하잘것없단 말인가!

벌판을 혼자 거닐면서 생각한 숱한 일들을 모두 쓸 수는 없어. 단지 내가 그곳을 거닐며 놀란 것은, 이제는 나 자신이 즐거움을 전혀 느끼지 못한다는 사실이야.

줄리엣이 행복한 것으로 만족하면 좋을 텐데, 어째서 내 마음은 걷잡을 수 없는 우울에 사로잡혀 있는 것일까?

내가 느끼는, 적어도 내가 두 눈으로 바라보는 이 고장의 아름다운 풍경조차도 그저 내게는 알 수 없는 슬픔으로 다가 오니 말이야.

네가 이탈리아에서 나에게 편지를 보내 주던 무렵에는, 너를 통해 모든 것을 볼 수 있었어. 그런데 지금은 너 없이 혼자서 바라보는 이 모든 것이, 내가 네게서 빼앗은 것이란 생각이 들곤 해.

퐁그즈마르나 르아브르에 있을 때는 울적한 날들에 대비하느라 견뎌 내는 힘을 기르고 있었는데, 이곳에 와서는 그것이 아무 소용도 없어졌어. 그리고 그것이 아무런 쓸모가 없다고 생각하니, 더욱 불안해지는 거야.

게다가 이 고장 사람들이나 이 고장의 분위기에 적응되지 않아서인지 마음이 편치 않아. 그리고 보면 내가 '슬프다'고 하는 상태란, 단순히 그들처럼 떠들썩한 상태가 아니라는 것에 불과한 것인지도 몰라.

아무래도 전에는 나의 기쁨 속에 어떤 오만이 깃들어 있었던 것 같아. 왜냐하면 이 낯선 지방의 즐거운 분위기 속에서 내가 느끼는 것은 굴욕감 비슷한 감정이니 말이야.

이곳에 온 후에는 거의 기도도 드리지 못했어. 그러다 보니 어린애처럼, 이젠 하느님께서 옛날 그 자리에 계시지 않으시리라는 느낌이 들기도 해.

잘 있어. 서둘러서 펜을 놓아야겠어.

이런 모욕적인 말, 나의 나약한 마음, 슬픔이 부끄러워.

무엇보다도 그것을 네게 고백한다는 것이 부끄럽고…….

만일 우편배달부가 오늘 저녁에 이 편지를 가져가지 않는다면, 갈기갈기 찢어 버릴 것 같은 이런 이야기를 써 보낸다는 것이 부끄럽기만 해.

그 뒤에 온 편지에는 그녀가 대모(代母)가 될 조카딸의 출생, 줄리엣과 외삼촌의 기쁨에 대해서만 이야기했을 뿐, 자신의 기쁨에 대해서는 아무런 말이 없었다.

그 후에는 퐁그즈마르에서 부친 편지들이 오기 시작했다.

7월에는 줄리엣도 그곳에 와 있었다.

에두아르와 줄리엣은 오늘 아침에 떠났어.

내가 서운한 것은 무엇보다도 그 귀여운 갓난애가 떠났다는 거야. 여섯 달 후에 다시 보게 되면 그 몸집이 자라서 퍽 달라지겠지.

지금까진 그 애의 동작을 하나도 빼지 않고 보아 왔어. 생명이란 언제나 신비롭고 놀라운 거야. 우리가 평소에 좀 더 주의를 기울이면 놀라운 일을 더 많이 보게 되지 않을까 싶어.

희망에 가득 찬 그 잠든 모습을 바라보면서, 나는 얼마나 많은 시간을 보냈는지 몰라.

무슨 이기심 때문인지, 자기만족이나 선에 대한 갈망의 결핍 때문인지…… 성장은 왜 그렇게 빨리 멈추어 버리고, 온갖 피조물이 그처럼 멀리, 하느님에게서 그처럼 멀리 떨어져 있는 것일까?

오오! 그렇지만 만일 우리가 좀 더 하느님께 가까이 갈 수 있다면, 좀 더 가까이 가기를 원한다면…… 얼마나 큰 위로를 받겠는가!

줄리엣은 무척 행복해 보여. 나는 그 애가 피아노와 독서를 그만두었을 때 처음에는 슬퍼했었어. 하지만 에두아르 씨가

음악이나 독서에는 별로 취미가 없다는 거야. 남편과 같이하지 못하는 것에서 즐거움을 찾으려 들지 않는 줄리엣이야말로 참으로 현명하다는 생각이 들어.

반대로 줄리엣은 남편이 하는 일에 흥미를 갖고, 또 제부도 자기가 하는 모든 사업에 대해 그 애가 잘 알 수 있도록 가르쳐 주는 모양이야. 금년엔 사업의 규모가 무척 커졌는데, 제부는 결혼으로 인해 르아브르에 많은 고객이 생긴 덕택이라고 농담을 하기도 한대.

그리고 이번에 제부가 사업 관계로 여행을 떠났는데, 로베르도 데리고 갔어. 에두아르는 여러 가지로 그 애를 돌보아 주고 있어. 뿐만 아니라 그 애의 성격을 잘 이해한다면서, 그 애가 그런 종류의 사업에 진정으로 재미를 붙이게 될 거라며 좋아하고 있어.

아버지는 훨씬 좋아지셨어. 딸이 행복해진 걸 보니 당신도 젊어지시는 모양이야. 농장 일과 정원 일에 다시 흥미를 느끼시게 되었어. 또한 미스 애슈버튼과 셋이서 전에 시작했다가 에두아르 씨 가족이 오는 바람에 중단되었던 책읽기를 다시 하자고 말씀하시기도 해.

내가 두 분에게 큰 소리로 읽어 드리는 책은 휴브너 남작의 여행기인데, 나도 무척 재미를 느끼며 읽고 있어.

나도 이제는 독서할 시간을 좀 더 많이 가질 수 있을 것 같아. 그래서 네가 좋은 책을 골라 주었으면 하는데…….

오늘 아침에도 몇 권의 책을 들춰 보았지만, 마음에 드는 책이 한 권도 없었어.

이 무렵부터 알리사의 편지는 차츰 혼란해지면서 절박한 심정이 담겨 있었다.

여름이 끝날 무렵, 다음과 같은 편지가 왔다.

네가 걱정할까 두렵기는 하지만, 내가 얼마나 너를 기다리고 있는지를 얘기하지 않을 수가 없어.

너를 다시 만날 때까지의 하루하루가 짐이 되어 무겁게 나를 누르고 있어.

아직도 두 달! 지금까지 너와 떨어져 지내 온 시간보다도 더 긴 것 같아…….

기다리는 마음을 어떻게 좀 잊어 보려고 시도해 보는 모든 노력이 부질없게만 여겨져, 아무것에도 마음을 기울이지 못하겠어.

책에서도 이제는 어떤 힘이나 매력을 느끼지 못하겠고, 산책도 재미가 없어. 자연까지도 그 위력을 잃어, 정원도 빛이 바랜 채 향기를 잃어가는 것처럼 느껴져.

너의 그 고된 과업, 의무적이고 강제적인 그 훈련 — 언제나 너를 너 자신에게서 빼앗아 피곤하게 만들고, 하루하루를 정신없이 지나가게 하며, 저녁이 되면 피곤에 지친 너를 잠들게 하는 그 고된 노역 — 이 차라리 내게는 부러울 지경이야.

기동 훈련에 관해서 써 보낸 감동적인 너의 편지가 요 며칠 동안 나를 온통 사로잡았어. 잠을 못 이루는 요즘, 나는 몇 번씩이나 기상나팔 소리에 놀라 벌떡 일어나곤 했어. 그 소리가 확실히 들리는 것 같았거든.

네가 이야기하는 그 가벼운 도취, 새벽녘의 그 기쁨, 절반쯤 현기증 나는 그 황홀함 — 이 모든 것을 나는 너무나 잘 상상할 수 있어. 새벽의 얼어붙은 그 눈부심 속에서, 말제빌르의 그 고지는 얼마나 아름다웠을까…….

얼마 전부터 몸이 좀 좋지를 않아. 하지만 대수로운 건 아니야.

좀 지나치다 싶게 너를 기다려서 그런가 봐.

그리고 여섯 주일 후에…….

이것이 내 마지막 편지가 될 거야.

제롬, 네가 돌아올 날이 아직 확정되지 않았다 하더라도 그리 늦어지는 것은 아니겠지…….

나는 퐁그즈마르에서 너를 만나고 싶었어. 그런데 요즘 날씨가 나빠지고 추워지자, 아버지가 자꾸만 시내로 돌아가자고 하셔.

지금은 줄리엣도 로베르도 우리와 함께 있지 않으니, 이제는 네가 집에 와서 머무는 것이 조금도 불편하지 않을 거야.

하지만 아무래도 고모님 댁에 머무는 편이 좋을 것 같아. 그래야만 고모님도 기뻐하실 테니까…….

다시 만날 날이 다가올수록, 기다리는 마음이 왜 이렇게 불안한지 모르겠어. 두려움이라고밖에 설명할 수가 없을 것 같아.

네가 돌아오기를 그토록 기다렸는데, 막상 네가 돌아온다니 두려움이 점점 커지는 것 같아. 하지만 더 이상 거기에 대해서 생각지 않으려고 애쓰고 있어.

네가 누르는 초인종 소리, 계단을 올라오는 너의 발자국 소리……. 그것을 상상하기만 해도 숨이 끊어지는 것 같고, 심장의 고동이 멈춰 버리는 것만 같아.

무엇보다도 내게서 무슨 특별한 말이 나오기를 기대해서는 안 돼. 나의 과거가 거기서 끝나 버리는 것 같으니까.

그 너머 저쪽에는 아무것도 보이지 않고, 나의 삶이 멈춰 버린 것만 같아…….

그로부터 나흘 후에, 다시 말하면 내가 제대하기 일주일 전에 알리사로부터 극히 짧은 편지 한 통을 다시 받았다.

제롬! 르아브르에서 너무 오랫동안 머물지 않겠다는 네 생각에 전적으로 찬성해. 우리들의 만남의 시간을 그렇게 길게 끌 필요는 없을 테니까…….

지금까지 서로 편지로 많은 이야기를 주고받았는데, 그 외에 또 무슨 할 말이 있겠니…….

학교 등록 때문에 28일까지 파리에 가야 할 테니까, 조금도 주저하지 말고 가도록 해.

함께 있는 시간이 이틀밖에 되지 못한다고 섭섭하게 여기지도 말았으면 좋겠고…….

우리 앞에는 한평생이 남아 있지 않니……?

5

우리의 첫 재회가 이루어진 곳은 플랑티에 이모 댁이었다.

군 복무 탓인지 나는 갑자기 둔하고 어색하게 느껴졌다. 그리고 '내가 변했다는 것을 그녀도 알고 있구나.' 하는 생각이 들었다. 하지만 그런 거짓된 인상이 우리 둘 사이에 뭐 그리 중요하겠는가.

나는 알리사의 옛 모습을 더 이상 찾아볼 수 없지 않을까 두려워서, 처음에는 그녀를 똑바로 바라보지도 못했다. 그러나 우리를 더욱 어색하게 만든 것은 그곳에 있는 사람들의 태도였다. 사람들은 우리에게 약혼자끼리의 어리석은 역할을 강요하려 들었고, 우리 둘만을 한자리에 남겨 두려는 친절을 베풀기 위해 우리 앞에서 물러나려고 했다.

"고모님, 정말 아무 상관없어요. 둘이서 비밀스럽게 할 이
야기는 아무것도 없어요."

알리사는 이모가 자리를 피하려고 지나치게 수선을 피우는
것을 보고 소리쳤다.

"아니다! 그래도 그렇지 않아. 난 너희들을 잘 알고 있어.
오랫동안 떨어져 있으면 서로 하고 싶은 말이 태산같이 많은
법이야."

"제발 부탁이에요, 고모님. 지금 이곳에서 나가시면 오히려
저희들이 쑥스러워져요."

잔뜩 화가 난 알리사의 목소리는 평소와 달리 무척 건조하
게 느껴졌다.

"이모님이 나가시면 저희는 한마디도 하지 않을 거예요."

나도 웃으면서 덧붙였다.

그때 나는 '단둘이 남게 되면 어떻게 하지?' 하는 두려움에
사로잡힌 상태였다.

그리하여 우리 세 사람은 저마다의 속마음을 감춘 채, 짐짓
쾌활한 척하면서 여러 가지 이야기를 주고받았다.

다음 날은 외삼촌이 점심에 초대했기 때문에 우리는 다시

만나기로 했다. 그래서 그 첫날 오후에는 이러한 희극을 끝마칠 수 있다는 것만으로도 다행이라 생각하면서, 아무렇지 않은 듯이 헤어졌다.

나는 식사 시간보다 훨씬 전에 외삼촌 집에 도착했다. 알리사는 자기 친구와 이야기를 하고 있었는데, 알리사는 그 친구를 일부러 돌려보내려 하지 않는 것 같았다. 그 친구도 알리사의 생각을 알고 있는지 돌아갈 기미를 보이지 않았다.

한참 후에 그 친구가 돌아가자, 그제야 단둘이 있게 되었다. 나는 알리사가 점심을 같이하자고 그 친구를 붙들지 않은 사실에 짐짓 놀라는 척했다.

전날 밤 잠을 자지 못해서 우리는 둘 다 피곤한데다, 약간 마음이 들떠 있었다.

점심 식사 시간이 되자, 외삼촌이 들어왔다. 내가 '외삼촌도 이제는 많이 늙었구나.' 하고 생각하는 것을 알리사는 눈치챈 것 같았다.

외삼촌은 귀가 어두워져 내 이야기를 잘 알아듣지 못했다. 그 때문에 나는 목소리를 높여야 했고, 그러다 보니 내 이야기는 뒤죽박죽되고 말았다.

점심 식사 후에, 플랑티에 이모가 미리 약속했던 대로 마차로 우리를 데리러 왔다. 이모는 돌아오는 도중에 나와 알리사를 오르세이에 내려 주셨는데, 가장 아름다운 코스를 둘이서 걸어오도록 할 의도인 것 같았다.

계절에 비해서 날씨는 무척 더운 편이었다. 우리가 걷게 된 언덕길은 햇볕만 내리쬘 뿐 아무런 정취가 없었다. 나무들도 잎이 모두 져서 우리가 쉴 만한 그늘조차 없었다.

이모가 우리를 기다리고 있는 마차로 빨리 가야 되겠다는 생각으로 우리는 걸음을 재촉했다. 갑자기 머리가 아파 와서 아무런 생각도 떠오르질 않았다. 태연한 척하기 위해서, 혹은 그렇게 함으로써 말을 대신할 수 있다는 생각으로 나는 알리사가 내게 맡긴 손을 꼭 잡고 걸었다.

나는 흥분한데다가 빨리 걸은 탓에 숨이 가빠졌고, 두 사람 사이에 무겁게 깔려 있는 침묵으로 인해 어색해져서 얼굴이 달아올랐다. 그런가 하면 내 관자놀이에서 피가 끓는 소리가 들려 왔고, 알리사의 얼굴은 민망할 정도로 상기되어 있었다.

순간, 땀에 젖은 손을 잡고 있다는 사실을 깨달은 두 사람은 손을 슬그머니 놓으며 아래로 떨어뜨렸다.

우리는 매우 서둘러서 걸었기 때문에, 우리에게 이야기할 시간을 주려고 다른 길로 돌아서 천천히 마차를 몰고 온 이모보다 훨씬 먼저 네거리에 이르렀다.

우리는 언덕의 비탈에 앉아 있었는데, 갑자기 불기 시작한 찬바람에 몸이 오싹해질 정도로 우리는 땀에 젖어 있었다.

우리는 이모의 마차를 마중하기 위해 일어섰다. 그러나 이모의 성가신 친절을 더 견디지 못해 눈에 눈물까지 글썽글썽해진 알리사는 두통이 심하다고 하면서 이모의 질문을 피해 버렸다. 그러다 보니 돌아오는 길엔 모두들 조용했다.

이튿날 잠이 깨자 몸이 무겁고 감기 기운까지 있어서, 정오가 지난 다음에야 뷰콜렝 댁에 가 볼 생각이 났다.

그런데 공교롭게도 알리사는 혼자 있지를 않았다. 이모의 손녀인 마들렌느 플랑티에가 와 있었던 것이다.

나는 알리사가 곧잘 그 애와 이야기하는 것을 좋아한다는 것을 알고 있었다. 그 애는 며칠을 자기 할머니 집에서 묵고 있던 참이었는데, 내가 들어서자 큰 소리로 말했다.

"돌아갈 때 언덕으로 해서 가시지 않을래요? 그러면 우리도 같이 올라가고 싶은데……."

나는 무심코 승낙했다. 그래서 나는 알리사와 단둘이 걷질 못했다. 그러나 이 귀여운 어린애가 어떤 면에서는 도움이 되기도 했다. 전날의 그 어색한 기분을 느끼지 않고도 이야기할 수 있었기 때문이다.

내가 "잘 있어." 하고 알리사에게 작별 인사를 하자, 그녀는 기묘한 미소를 지었다.

알리사는 내가 다음 날 떠난다는 사실을 그때까지 알지 못하고 있는 듯했다. 더구나 얼마 안 있으면 또 만나리라는 믿음이 있었기 때문인지, 작별 인사에는 약간의 서글픔조차도 담겨 있지 않았다.

그러나 저녁 식사 후에는 막연한 불안감에 사로잡혀서, 나는 다시 시내로 내려가 거의 한 시간을 헤매고 돌아다녔다. 그러다가 마침내는 참지 못하고 뷰콜렝 댁으로 다시 갔다.

나를 맞으러 나온 것은 외삼촌이었다. 알리사는 몸이 불편하다면서 벌써 자기 방으로 올라갔는데, 올라간 후엔 곧 잠이 든 모양이라고 말씀하셨다. 나는 잠시 외삼촌과 이야기를 나누다가 나왔다.

모든 일이 이처럼 빗나가자 몹시 화가 났다. 하지만 그렇다고 불평을 한들 무슨 소용이 있겠는가. 설령 모든 일이 우리를 도와주었다 하더라도, 우리는 일부러라도 어색한 느낌을 꾸며 냈을지 모른다.

그러나 알리사가 어색해하면서 거북함을 느꼈다는 것이 무엇보다도 마음에 걸렸다.

파리에 돌아온 후, 나는 곧 다음과 같은 알리사의 편지를 받았다.

제롬, 너무나 쓸쓸한 재회였어! 그 잘못을 너는 다른 사람에게 돌리는 것 같았는데, 너 자신도 꼭 그렇다고는 확신하지 못했을 거야.

그리고 이제는 앞으로도 늘 그러하리라는 생각이 들어.

아아! 정말 이제는 다시 만나지 말도록 하자.

서로 할 이야기가 태산같이 많은데도 왜 그런 거북한 감정, 어색한 느낌, 마비 상태, 침묵 같은 것이 우리를 엄습했을까?

네가 돌아온 첫날은 그 침묵마저도 즐거웠어. 왜냐하면 침묵은 곧 사라지고, 너는 굉장한 이야기를 들려줄 것이라

믿었기 때문이야. 그러기 전에는 네가 떠날 수가 없다고 생각했거든.

그러나 오르세이에서의 침울한 산책이 침묵 속에서 끝나는 것을 보고, 더구나 우리가 서로의 손을 놓으며 아무런 희망도 없이 떨어뜨려졌을 때, 내 가슴은 슬픔과 괴로움으로 무너지는 것 같았어.

그리고 무엇보다도 슬펐던 것은, 너의 손이 내 손을 놓아 버렸다는 사실이 아니라 만일 너의 손이 그렇게 하지 않았다면 내 손이 그렇게 하였으리라는 생각 때문이었어. 왜냐하면 내 손은 이미 너의 손 안에서 즐거움을 잊었으니까…….

그 다음 날, 바로 어제였지. 아침결에 나는 미친 듯이 너를 기다렸어. 집 안에 가만히 있기에는 너무나 마음이 뒤숭숭해서, 네가 오더라도 내가 있는 곳을 알 수 있도록 하기 위해 방파제로 오라고 쪽지를 적어 두고 집을 나와 버렸어.

오랫동안 파도가 센 바다를 바라보았는데, 너도 없이 혼자서 바라보고 있다 보니 너무도 가슴이 아팠어.

그러다가 문득 네가 내 방에서 나를 기다리고 있을지도 모른다는 생각이 떠올라 다시 집으로 돌아왔어.

170

오후에는 혼자 있지 못하리라는 것을 나도 알고 있었어. 왜냐하면 마들렌느가 오겠다고 그 전날 말하기에, 너와는 아침에 만나게 될 것으로 생각하고 그러라고 했거든.

하지만 생각해 보면, 이번 재회에서 우리가 그만큼이나마 좋은 시간을 가질 수 있었던 것은 그 애가 함께 있었기 때문이었던 것 같아.

환상인지는 모르지만, 나는 그때처럼 거리낌 없는 대화를 오래오래 계속할 수 있으리라는 생각을 잠시나마 했었어.

그래서 내가 그 애와 함께 앉아 있던 소파 가까이로 네가 다가와서, 나를 향해 몸을 굽히며 "잘 있어." 하고 말했을 때 난 대답조차 할 수 없었던 거야.

그때서야 갑자기 네가 떠난다는 사실을 깨닫고는 너무나 당황했어. 모든 것이 끝나 버리는 것 같았거든.

네가 마들렌느와 함께 나가 버리자마자, 그것은 도저히 있을 수 없으며 또 견뎌 낼 수 없는 일이라고 생각되었어. 그래서 내가 두 사람의 뒤를 쫓아 뛰쳐나갔다는 것을, 너는 짐작도 못했을 거야!

좀 더 너와 이야기하고 싶었고, 아직 내가 너에게 하지 않았던 많은 이야기를 네게 들려주고 싶었어.

나는 걷잡을 수 없는 심정으로 고모님 댁을 향해 달리고 있었어. 하지만 너무 늦었어. 시간도 없고, 용기도 없었거든.

나는 절망에 휩싸인 채 돌아왔어. 편지를 쓰려고…….

사실은 더 이상 편지를 쓰고 싶지 않았어. 작별 편지를…….

왜냐하면 우리가 편지를 주고받는 건 단지 커다란 환영에 지나지 않으며, 우리 둘 다 자기 자신에게 편지를 쓰고 있음에 불과하다는 생각이 너무나 뚜렷하게 들었기 때문이야.

그리고 제롬! 제롬! 아! 우리는 늘 떨어져 있었다는 것을 그때서야 깨달은 거야.

나는 그 편지를 찢어 버렸어. 하지만 지금 또다시 쓰고 있어. 처음 편지와 거의 똑같은 편지를…….

그렇다고 내가 전보다 너를 덜 사랑하는 건 아니야!

제롬! 오히려 반대로 네가 내 곁에 다가오면 마음이 혼란해지고 두려워지지만, 내가 너를 얼마나 깊이 사랑하고 있는지를 그때처럼 사무치도록 느낀 적이 없는 것 같아. 절망적으로…….

왜냐하면 아무래도 고백할 수밖에 없지만, 나는 너와 멀리 떨어져 있을 때 더욱 너를 사랑했기 때문이야. 진작부터 그렇지 않을까 하고 걱정했었지만, 그렇게도 바랐던 너와의 만남을 통해 내 추측이 옳았음을 깨닫고 만 거야. 그리고 제롬, 너도 그것을 인정하지 않을 수 없을 거야.

제롬, 잘 있어.

이토록 사랑하는 제롬, 하느님이 너를 지켜 주시고 인도해 주시기를 늘 기도할게.

인간이 마음 놓고 가까이 갈 수 있는 분은 오직 하느님뿐이니까……

그리고 마치 이 편지만으로는 아직 나를 충분히 고통스럽게 하지 못했다는 듯이, 다음 날 그 편지에 다음과 같은 추신을 덧붙였다.

이 편지를 부치기 전에, 우리 두 사람에 관한 일에 대하여 좀 더 신중한 태도를 지녀 달라는 부탁을 하고 싶었어.

너와 나만이 알고 있어야 할 일을 줄리엣이나 아벨에게 들려줌으로써, 네가 내 마음을 아프게 한 것이 몇 번인지 몰라.

네가 짐작하는 것보다 훨씬 전부터 나는 너의 사랑이 무엇보다도 이성적인 사랑에 지나지 않는다는 생각을 했었어. 애정과 신뢰에 대한 아름답고 지적인 집착 말이야…….

내가 이 편지를 아벨에게 보여 주지나 않을까 하는 염려에서 이 몇 줄을 덧붙였음에 틀림없었다.

어떤 날카로운 예감이 그녀를 그다지도 신중하고 조심스럽게 만들었을까? 전에 내가 한 어떤 이야기에서 아벨의 조언을 눈치챈 것일까?

하지만 그 무렵 나는 아벨과 상당한 거리를 갖고 있었다. 우리는 서로 다른 두 갈래 길을 걷고 있었기 때문이다.

그러니 이런 충고가 내 슬픔의 무거운 짐을 나 혼자 짊어지도록 가르쳐 주기 위한 것이라면, 아무 필요도 없는 것이었다.

그 후 사흘간을 나는 고통 속에서 지냈다. 나는 알리사에게 답장을 하고 싶었지만 망설였다. 지나친 논쟁이나 심한 항의, 또는 어설픈 말로 실수를 하여 우리의 상처를 돌이킬 수 없을 정도로 깊게 만들지 않을까 두려웠기 때문이다.

나는 내 사랑이 몸부림치는 편지를 몇 번이나 고쳐 썼는지 모른다.

그러다가 마침내 부치기로 결심했던 그 편지의 사본, 눈물에 씻긴 이 편지…….

하지만 나는 오늘에 와서도 이 편지를 눈물 없이 다시 읽을수가 없다.

알리사! 나를, 우리 둘을 불쌍히 여겨 줘!

너의 편지는 내 가슴을 아프게 해. 네 걱정을 그저 웃어넘길수만 있다면 얼마나 좋을까!

그래, 네가 말한 모든 것을 나도 느끼고 있었어. 하지만 나는 그 말을 하기가 두려웠어.

너는 단지 상상에 지나지 않는 것에다 얼마나 무서운 현실성을 부여하고 있는지 아니? 그리고 그것이 너와 나 사이에 얼마나 두꺼운 벽을 만들고 있는지도…….

만일 네가 나를 그전처럼 사랑하지 않는다고 느끼고 있다면…… 네 편지 전체가 부인하고 있는 이런 잔인한 가정은나와는 아무 상관도 없을 거야.

만약 정말로 그렇다면, 일시적인 너의 두려움이 나와 무슨 상관이 있겠어?

알리사, 이치를 따지려다 보니 말이 얼어붙는 것만 같아. 단지 내 가슴속에서 울부짖는 소리밖에는 아무것도 들리지 않아.

나는 기교를 부리기엔 너를 너무나 사랑하고 있고, 또 사랑하면 할수록 무엇이라 말을 해야 할지 더욱 모르겠어.

'이성적인 사랑'……. 거기에 대해 나는 무엇이라 대답해야 할까…….

나는 온 영혼을 기울여 너를 사랑하고 있는데, 나의 지성과 감성을 어떻게 구별할 수 있겠어? 그것이 가능하다고 생각하는 거야?

그러나 우리의 편지 왕래가 너의 가혹한 비난의 원인이 되고 있을 뿐 아니라, 그러한 편지 왕래로 고무되었던 우리에게 뒤이어 찾아온 현실은 쓰라린 상처를 안겨 줬고, 또한 네가 편지를 한다 하더라도 이제는 단지 너 자신에게 편지할 뿐이라고 생각할 것이기 때문에…… 그리고 이번 편지와 비슷한 또 다른 편지를 견뎌 내기엔 내가 너무 힘겹기 때문에…… 앞으로 당분간은 편지 왕래를 중지하기로 하자.

그리고 이 편지의 계속으로, 나는 그녀의 판단에 항의하면서 생각을 돌이켜 주도록 호소했고, 다시 한번 만날 약속을 해 달라고 간청했다.

지난번에 만났을 때는 모든 것이 어긋나 있었다. 무대 장치나 단역배우, 게다가 계절마저도 신통치 못했다.

열이 올라 있던 우리의 편지 왕래까지도 만남을 위해서는 별다른 준비를 하지 못했던 것이다.

이번에는 다시 만날 때까지 침묵을 지키리라.

나는 돌아오는 봄에 퐁그즈마르에서 그녀를 다시 만나고 싶었다. 그곳이라면 지나간 날의 추억이 나를 지켜 줄 것이고, 외삼촌도 반갑게 맞아 주실 것이기 때문이었다.

그리하여 부활제 방학을 이용해서, 알리사가 좋다고 생각하는 동안 퐁그즈마르에 머물고 싶었다.

내 결심은 확고한 것이었기 때문에, 편지를 부친 다음 나는 곧 학업에 열중할 수 있었다.

그런데 그해가 끝날 무렵, 나는 알리사를 다시 보게 되었다. 몇 달 전부터 건강이 악화되었던 미스 애슈버튼이 크리스마스를 나흘 앞두고 세상을 떠났기 때문이다.

제대 이후 나는 다시 그녀와 함께 살았으며 거의 함께 있었기 때문에, 임종도 곁에서 지켜볼 수 있었다.

알리사에게서 온 엽서를 받아 보고, 그녀가 나의 슬픔보다도 우리의 침묵의 맹세를 더욱 마음에 두고 있다는 느낌을 받았다. 외삼촌이 참석을 못하시기 때문에 자기가 장례식에 참석하겠다고 적혀 있었다.

장례식에서도 그리고 관을 따라갈 때도 그녀와 나 둘뿐이었다. 우리는 나란히 걸었지만 말을 몇 마디 나누지 않았다.

그러나 교회에서 그녀가 내 곁에 앉아 있을 때, 나는 그녀의 다정한 눈길이 몇 번이고 내게 머무는 것을 느꼈다.

"그럼 잘 알겠지?"

헤어질 무렵, 그녀가 말했다.

"부활절 전에는 아무것도……."

"그래, 하지만 부활절에는……."

"기다리고 있을게."

우리는 묘지 어귀에 있었다.

나는 역까지 바래다주겠다고 말했다.

그러나 그녀는 지나가는 마차를 세우더니, 잘 있으란 말
한 마디 없이 나를 두고 가 버렸다.

6

"알리사가 정원에서 널 기다리고 있다."

내가 4월 말 퐁그즈마르에 도착하자, 외삼촌이 마치 아버지처럼 내게 키스를 해 주며 말하는 것이었다.

나는 그녀가 뛰어나와 나를 맞아 주지 않아서 처음에는 서운했으나, 곧 다시 만나게 된 첫 순간의 너절한 인사치레를 생략할 수 있게 해 준 것이 고맙게 느껴졌다.

그녀는 정원 안쪽에 있었다. 때마침 철을 만나 활짝 핀 라일락, 마가목, 금잔화, 웨즐리아 등의 꽃 덩굴로 빽빽이 둘러싸인 둥그런 갈림길 쪽으로 나는 발걸음을 옮겼다.

나는 너무 멀리서부터 그녀의 모습이 눈에 들어오게 하지 않으려고, 아니 내가 오는 것을 그녀가 보지 못하도록 하려고 정원 한쪽 나뭇가지 밑을 따라 그늘진 오솔길을 천천히 걸어 갔다.

나는 천천히 걸었다. 하늘도 나의 기쁨처럼 눈부시게 빛났 다. 아마도 그녀는 내가 다른 쪽 길로 오리라 생각하고 기다렸 던 모양이다.

나는 그녀 등 뒤에까지 가까이 갔지만, 그녀는 알아채지 못했다.

나는 걸음을 멈췄다! 시간마저 나와 함께 멈춘 것 같았다 이 시간이야말로 행복 그 자체에 앞서 오는 순간으로, 행복 그 자체도 미칠 수 없는 가장 아름다운 순간이라고 나는 생각 했다.

나는 그녀 앞에서 무릎을 꿇고 싶었다. 나는 한 걸음 더 다가섰다. 그때 그녀가 이 발걸음 소리를 들은 모양이었다.

그녀는 별안간 일어서더니, 들고 있던 그 수틀이 땅에 떨어 지는 것도 내버려 둔 채 내 어깨 위에 두 손을 얹었다.

얼마 동안 우리는 그렇게 서 있었다. 그녀는 두 팔을 얹은 채 미소를 띠면서 고개를 갸웃하더니, 다정한 눈길로 말없이 나를 바라보았다.

그녀는 흰옷 차림이었다. 나는 지나칠 정도로 경건한 그녀의 얼굴에서 언제나 변함없는 그 앳된 미소를 다시 보았다.

"이봐, 알리사. 앞으로 열이틀 동안 방학이야. 하지만 네가 싫다면 단 하루도 더 머물지 않을게. 그러니 '내일은 퐁그즈마르를 떠나.'라는 걸 나타낼 신호를 정해 두자. 그러면 다음 날 아무런 항의나 불평 없이 떠날게. 알았지?"

나는 갑자기 큰 소리로 말했다. 미리 준비한 말이 아니어서인지 한결 수월하게 말할 수 있었다.

그녀는 잠시 생각에 잠기더니, 이렇게 말했다.

"식사하러 내려갈 때, 네가 좋아하는 그 자수정 십자가 목걸이를 내가 걸고 있지 않은 저녁……. 알겠어?"

"그것이 내 마지막 저녁이란 말이지?"

"하지만 눈물이나 한숨을 짓지 말고 떠나야 해."

"작별 인사도 없이……. 하지만 그 마지막 저녁도 그 전날 저녁과 다름없이 지낼 거야. '아직 알아차리질 못했나?' 하고 네가 생각할 정도로 말이야. 하지만 다음 날 아침에 나를 찾을 때는 이미 없을 거야."

"다음 날에는 나도 더 이상 너를 찾지 않을 거야."

그녀는 이렇게 말하며 내게 손을 내밀었다.

나는 그 손을 내 입술에 갖다 대면서, 다짐하듯 말했다.

"지금부터 그 운명의 밤까지는 어떤 눈치도 보여선 안 돼."

이제는 이 재회의 엄숙한 분위기로 인해 자칫하면 우리 두 사람 사이에 생길지도 모르는 어색한 느낌을 씻어 버릴 차례였다.

나는 침묵을 깨뜨리려는 듯이 말했다.

"정말이지 네 곁에서 지낼 요 며칠이 우리들의 지난날과 꼭 같았으면 좋겠어⋯⋯. 말하자면, 우리 자신도 이 며칠이 예외적인 것이라고 느끼지 않았으면 좋겠다는 거지. 그리고 처음에는 너무 이야깃거리를 찾으려고 애쓰지 않았으면 좋겠어⋯⋯."

그 말에 그녀가 웃기 시작하자, 내가 덧붙여 말했다.

"우리가 함께 할만한 일은 없을까?"

전부터도 우리는 정원을 가꾸는 일을 좋아했었다. 전에 있던 정원사의 뒤를 이어서 들어온 정원사가 아직 일이 익숙지 않아서, 두 달 동안이나 방치되었던 정원에는 할 일이 많았다. 장미나무도 손질이 되어 있지 않아서, 너무 자란

군가지들이 잔뜩 뒤얽혀 있는 다른 가지들을 자라지 못하게 했다.

이 장미나무는 대부분 우리가 접붙여 놓은 것들이었다. 우리가 손질한 그 장미들을 우리는 잘 가려낼 수 있었다. 그것을 돌보느라고 처음 사흘 동안은 심각한 이야기를 전혀 하지 않고서도 여러 가지 이야기를 주고받을 수 있었다.

이리하여 우리는 차츰 다시 옛날처럼 익숙해졌다. 나는 어떤 설명보다도 이렇게 서로 익숙해져 간다는 데 더욱 기대를 걸었다. 헤어져 있다는 기억마저도 이미 우리 사이에서 사라졌고, 내가 그녀에게 느끼던 두려움이나 그녀가 내게 가졌던 마음의 긴장도 차츰 흐려져 가고 있었다.

지난 가을의 쓸쓸했던 방문 때보다 한층 더 앳되어 보이는 알리사는 그 어느 때보다도 아름다웠다.

나는 아직도 그녀와 키스해 본 적이 없었다.

저녁마다 나는 그녀의 목에서 반짝이는 조그마한 자수정 십자가 목걸이를 보았다.

내 가슴속에는 또다시 희망이 싹트기 시작했다. 희망이라고? 아니, 그것은 이미 확신이었다. 그리고 이것은 알리사도 또한 느끼고 있으리라고 나는 짐작했다.

왜냐하면 나는 내 자신을 거의 의심하지 않았기 때문에 그녀를 의심할 수가 없었던 것이다. 차츰 우리의 대화는 대담해져 갔다.

"알리사. 이제는 줄리엣도 행복하게 되었으니 우리도 ……."

아름다운 대기가 웃음을 머금고 우리의 가슴이 꽃봉오리처럼 피어나던 어느 날 아침, 나는 천천히 그녀를 바라보며 말했다. 그런데 갑자기 그녀의 안색이 너무나 창백해져서, 나는 말끝을 맺지 못했다.

그녀는 나를 돌아보지도 않은 채 말을 시작했다.

"네 곁에서 나는 더할 수 없는 행복을 느끼고 있어……. 하지만 내 말을 들어 봐. 우리는 행복을 위해 태어난 건 아냐."

"아니. 영혼이 행복 외에 무엇을 더 바란단 말이야?"

내가 성급하게 소리치자, 그녀는 이렇게 중얼거렸다.

"성스러운 것을……."

그 목소리가 너무도 낮았기 때문에, 나는 이 말을 들었다기보다는 그러한 말일 거라고 짐작했던 것이다.

순간, 내 모든 행복이 날개를 펴고 나에게서 빠져나가 하늘로 날아가는 것 같았다.

"너 없이는, 나는 거기에 이르지 못해."

나는 그녀의 두 무릎에 이마를 파묻고 어린애처럼 울면서 말을 이었다.

"너 없이는 안 돼! 너 없이는 안 된다고!"

그러고 나서, 그날도 다른 날과 마찬가지로 흘러갔다. 그러나 저녁때, 알리사는 그 조그마한 자수정 십자가 목걸이를 걸지 않고 나타났다.

이튿날, 나는 약속한 대로 새벽녘에 떠났다.

그 다음 날, 나는 다음과 같은 편지를 받았다.

거기에는 셰익스피어의 시 몇 줄이 인용구로 적혀 있었다.

다시금 그 선율이 — 그건 꺼질 듯 스러지는
선율이었어라.
오오, 오랑캐꽃 핀 언덕 위로
향기를 실어다 주었다가 앗아가는

달콤한 남풍처럼

내 귀에 들려왔다.

됐어, 이제 그만!

그건 더 이상 예전처럼 달콤하지 않구나…….

그래! 나도 모르게 아침 내내 너를 찾았어.

제롬, 네가 떠났다는 것을 나는 믿을 수가 없었어.

네가 약속을 지켜 준 것이 원망스러웠어.

나는 이것이 장난이려니 생각했어.

네가 나타날까 하고 덩굴 하나하나를 살펴보러 갔어.

하지만 너는 어디에도 없었어.

나는 끊임없이 내 머릿속에 떠도는, 당장 너에게 알려주고 싶은 몇 가지 생각에 사로잡혀 있었어.

그리고 또 만약 그 생각들을 네게 알려주지 않는다면, 네게 해 주어야 할 일을 소홀히 했다는 느낌과 함께 마땅히 너에게 비난을 들을 만한 것이라는 생각이 들어…… 이상한 두려움에 사로잡힌 채 하루 내내 전전긍긍했어.

네가 퐁그즈마르에 머물러 있던 동안, 내가 네 곁에서 느끼는 처음 몇 시간은 내 온몸과 마음이 야릇한 충족감에 사로잡혀 행복했지만, 그다음에는 불안해지기 시작했어.

'이 이상 아무것도 더 바랄 것이 없을 정도의 충족감!'이라고 너는 말했었지. 하지만 내가 불안해하는 것이 바로 그 충족감이었어.

제롬, 내 의도를 잘못 이해하지 않을까 두려워. 가장 강렬한 내 심정의 표현을 하나의 까다로운 이론의 전개 — 오오! 얼마나 어설픈 이론일까? — 로 생각지나 않을까 싶어서 말이야.

'충족시켜 주지 않는 것이라면 그것은 행복이 아닐 거야.'라고, 내게 한 말 생각나?

그때 나는 어떻게 대답을 해야 할지 몰랐어. 하지만 그렇지는 않아. 제롬, 그것은 우리를 충족시켜 주지 않아.

지난가을, 우리는 이러한 충족감 뒤에 어떤 슬픔이 깃들어 있는가를 깨닫지 않았니…….

오! 하느님, 그러한 충족감이 진실된 것이 아니도록 해 주시옵소서! 우리는 하나의 다른 행복을 위해서 태어난 것이므로…….

전에 우리가 주고받은 편지가 가을의 재회를 슬프게 했듯이, 이젠 네가 여기 있었다는 추억이 오늘 내가 쓰는 이 편지의 기쁨을 앗아가 버리는구나.

네게 편지를 쓸 때마다 느꼈던 그 황홀감이 이제는 어디로 가 버린 것일까?

편지를 주고받고, 서로 만났던 것으로써 우리가 가질 수 있었던 사랑의 순수한 기쁨을 우리는 남김없이 고갈시켜 버린 것은 아닐까……

이제 나는, 나도 모르게 '십이야(十二夜)'에 나오는 오시노처럼 부르짖고 있어. '됐어, 그만! 이젠 아까처럼 감미롭지 못해.' 하고 소리치게 되어 버렸어.

잘 있어, 제롬.

'이로부터 하느님에 대한 사랑이 시작되노라.'

아! 내가 얼마나 너를 사랑하고 있는지를, 네가 알까?

— 영원한 너의 알리사

덕행이라고 하는 함정 앞에서 나는 속수무책이었다. 온갖 영웅주의가 나를 현혹하면서 내 마음을 자꾸 이끌어 가는 것이었다. 왜냐하면 나는 그런 영웅주의를 사랑과 분리해서 생각지 않았기 때문이다.

알리사의 편지는 나를 더없이 무모한 열정으로 도취시켰다. 내가 좀 더 덕을 쌓으려고 한 것도 단지 알리사만을 위해서였다.

어떤 산길도 그것이 위로 올라가기만 한다면, 그 길은 나를 알리사가 있는 곳으로 데려다 줄 것 같았다.

아아! 대지가 제 아무리 갑작스럽게 좁아진다 하더라도 단지 우리 둘만을 받아들이기 위해서라면 오히려 넓다고 생각될 것이었다.

아아! 나는 아직도 그녀의 미묘한 가장을 간파하지 못했으며, 또 이번에도 이제 겨우 올라간 상상봉에서 그녀가 나를 두고 다시 도망치리라고는 꿈에도 생각하지 못했다.

나는 긴 답장을 썼다.

나는 그중에서 어느 정도 상황을 짐작케 해 주는 단 한 구절만을 기억하고 있을 뿐이다.

나의 사랑은 내가 지니고 있는 것 중에서 가장 훌륭한 것이라고 생각돼.

내 모든 덕행이 바로 이 사랑에 달려 있고, 이 사랑이야말로 나를 나 이상의 위치로 끌어올려 주는 것같이 생각돼.

만일 네가 없다면, 난 극히 평범한 인간들이 차지하는 일상의 높이로 다시 떨어져 내릴 수밖에 없을 것 같아.

너와 다시 만날 수 있으리라는 희망이 있으니까, 제 아무리 험준한 길이라도 내겐 언제나 보람 있는 길이라고 생각돼.

내가 이 편지에 무슨 말을 덧붙였는지, 그녀는 다음과 같은 회답을 보내왔다.

하지만 제롬, 성스럽게 된다는 것은 선택이 아니야.

그것은 하나의 의무 — 편지에는 이 의무란 단어 밑에 줄이 셋이나 그어져 있었다. — 인 것이지.

만일 네가…… 내가 생각하고 있는 그런 사람이라면, 너도 이 의무를 벗어나려 하지 않을 거야.

그것이 전부였다.

우리의 편지 왕래는 이것으로 끝났다.

또한 아무리 교묘한 충고나 굳건한 의지도 어찌할 도리가 없으리라는 것을, 나는 깨달았다. 아니, 오히려 예감했다.

하지만 나는 또다시 애정에 넘치는 긴 편지를 썼다.

세 번째 편지를 부친 뒤에, 나는 다음과 같은 편지를 받았다.

제롬!

내가 네게 편지를 쓰지 않기로 결심했다고 생각지는 말아. 다만 마음이 내키지 않을 뿐이야.

네 편지는 여전히 나를 즐겁게 해 주고 있지만, 이렇게까지 네가 마음 쓰도록 만든 것에 대해 나 자신을 꾸짖고 있어.

이젠 여름도 멀지 않았어. 당분간은 편지를 쓰지 않기로 하고, 9월 하순의 두 주일을 퐁그즈마르에 와서 함께 보냈으면 좋겠어. 승낙하겠어?

승낙한다면 답장은 하지 않아도 돼. 그것을 승낙의 표시로 알 테니까……. 답장이 없기를 바랄게.

나는 답장을 쓰지 않았다.

이 침묵이야말로 그녀가 내게 부과한 마지막 시험일지도

모른다.

나는 몇 달 동안의 공부와 몇 주일의 여행을 마치고 퐁그즈마르에 다시 갔다.

그러나 이때 나의 마음은 지극히 안정되어 있었다.

이 짧은 이야기로써, 처음에는 나도 이해하지 못했던 일을 어떻게 독자들에게 이해시킬 수 있단 말인가?

그 후 나를 비탄의 구덩이로 밀어 넣은 그 슬픈 사건 이외에, 내가 여기서 무슨 말을 할 수 있단 말인가?

지금에 와서는 부자연스러워 보이던 그녀의 가면 밑에서 아직도 사랑이 용솟음치고 있음을 알아채지 못했던 내 자신에 대해 통탄하고 있다.

처음에는 그 가면밖에 보이지를 않아, 지난날의 모습을 찾아볼 길이 없다고 알리사를 비난했었지만……

'알리사, 하지만 그때조차도 나는 당신을 나무라지 않았소. 다만 지난날의 당신 모습을 찾을 길 없어, 절망적으로 울었을 따름이오.

당신의 사랑이 지니고 있었던 침묵의 술책과 잔인한 기교에도 불구하고 당신이 품었던 사랑의 힘을 잴 수 있게 된 지금, 당신이 이제는 더욱더 가혹하게 나를 슬프게 한다 할지라도 나는 더욱더 당신을 사랑할 수밖에 없을 것 같소.'

경멸? 무관심? 아니, 이겨 내야 할 것은 아무것도 없었고 마주 서서 싸울 아무런 대상도 없었다.

그리하여 나는 가끔 주저했고, 내 불행도 내가 꾸며 낸 것이 아닐까 의심해 보기도 했다.

내 불행의 원인은 그처럼 미묘했고, 알리사는 그토록 시치미를 떼고 있었던 것이다.

그렇다면 도대체 나는 무엇을 한탄하고 있었던 것인가?

그녀는 그 어느 때보다도 상냥하고 부드럽게 대해 주었다. 전에는 결코 이처럼 친절하고 상냥한 적이 없었는데 말이다.

그래서 첫날은 거의 속아 넘어갔다. 전과는 달리 납작하게 졸라맨 머리 모양으로 인해 그녀의 얼굴이 다소 딱딱해 보였지만, 그것이 무슨 상관이었으랴!

거친 촉감을 주는 칙칙한 빛깔의 어울리지 않는 웃옷으로 인해 몸의 섬세한 움직임이 다소 어색하게 보이는 것이 무슨 상관이었으랴.

이런 것쯤이야 내가 부탁한다면 결코 고치지 못할 일이 아니지 않은가.

나는 어리석게도 그렇게 생각했던 것이다. 나는 그보다는 전과 달리 그녀가 유난히 친절하고 상냥한 태도를 보이는 것이 슬펐다. 그러한 일은 우리 사이에 거의 없었기 때문이다.

나는 거기에서 충동이라기보다는 오히려 결심을, 또는 말하기에는 거북하지만 사랑이라기보다는 오히려 예의를 발견하지나 않을까 두려웠다.

저녁때 응접실에 들어서면서 나는 피아노가 없는 것을 보고 깜짝 놀랐다.

"수리하러 보냈어."

내가 실망한 표정을 보이자, 알리사가 아주 담담한 목소리로 대답했다.

"글쎄…… 몇 번이나 내가 말하지 않았니?"

외삼촌은 거의 엄하다고 할 만큼 나무라는 투로 말했다.

"지금까지는 쓸 수 있었으니까, 제롬이 떠난 다음에 고치러 보냈더라면 좋지 않았겠니. 네가 서둘렀기 때문에 커다란 즐거움을 하나 잃어버렸잖아."

그러자 알리사가 붉어진 얼굴을 옆으로 돌리며 말했다.

"하지만 아버지……. 요새는 빈 소리만 나서 제롬도 아무 곡도 치지 못했을 거예요."

외삼촌은 여전히 못마땅하단 목소리로 말했다.

"네가 치는 것을 들었을 땐 그렇게 고장 난 것 같지 않았는데……."

하지만 그녀는 얼마 동안 그늘진 쪽으로 몸을 굽힌 채 안락의자의 덮개 치수를 재는 데만 몰두하고 있는 듯 말이 없었다.

그러다가 이윽고 방에서 나가더니, 한참만에야 외삼촌이 저녁마다 드는 물약을 쟁반에 받쳐 들고 돌아왔다.

다음 날도 그녀는 그 머리 모양이나 옷차림을 바꾸지 않았다. 집 앞에 내놓은 벤치에 앉아 그녀는 전날 저녁부터 손에서 떼지 않던, 바느질이라기보다는 꿰매는 일을 계속하고 있었다. 자기 옆의 벤치였는지 혹은 탁자 위엔지 낡은 양말이 가득 든 바구니를 놓고 그 속에서 줄곧 일거리를 꺼내는 것이었다. 며칠 뒤에는 냅킨과 홑이불을 만지고 있었다…….

이러한 일에 그녀는 완전히 몰두해 있는 것 같았는데, 그로 인해 입술은 표정을 잃었고 눈에는 광채가 없었다.

"알리사!"

어느 날 저녁 나는 그녀의 얼굴이 알아볼 수 없을 만큼 달라진 것을 보고 놀라서 소리를 쳤다.

그녀의 예전 모습을 찾아보기가 힘들 정도로 변해 버렸고, 내가 조금 전부터 뚫어지게 그녀를 바라보고 있었으나 내 눈길을 전혀 느끼지 못하는 것 같았다.

"왜 그래?"

그녀가 머리를 들며 말했다.

"내 말이 들리는지 알아보고 싶었어. 너무도 내게서 멀리 떨어져 있는 것 같아서……."

"아니야, 난 여기 있어. 하지만 여간 주의를 기울이지 않고서는 꿰매질 못해."

"바느질하는 동안에 책을 읽어 줄까?"

"잘 들을 수 있을 것 같지 않은데……."

"왜 그렇게 신경 쓰이는 일을 하는 거지?"

"내가 하지 않으면 다른 사람이 해야 돼."

"이런 일로 밥벌이를 하는 아낙네들이 많지 않니? 네가 이런 일을 기를 쓰고 하는 것이 절약을 하려고 그러는 건 아니잖아?"

그녀는 대뜸 그 일이 어떤 일보다 더 재미있으며, 오래전부터 다른 일은 하지 않아서 지금은 다른 일에는 도무지 손을 댈 엄두를 내지 못한다고 단언하는 것이었다.

말을 하면서, 그녀는 줄곧 미소를 띠고 있었다. 그녀의 음성이 그 순간보다 더 부드러웠던 적은 없었지만, 나는 이상하리만큼 슬픔이 밀려왔다.

그녀의 표정은 '당연한 이야기를 하고 있는데, 왜 그렇게 슬퍼하지?'라고 말하는 것 같았다.

그리하여 내 마음속에 가득 차 오른 온갖 항변들이 입술까지 올라오기도 전에 목에서 막혀 버리고 말았다.

그로부터 이틀 뒤, 우리는 정원으로 나가 둘이서 장미꽃을 꺾었다. 그러고 나자 그녀는 나에게, 그해 들어 아직 한 번도 들어가 보지 못했던 그녀의 방으로 장미 다발을 옮겨 달라고 부탁했다.

나는 그녀의 그 말에 얼마나 희망에 부풀었던가!

나는 이 말을 듣고 슬퍼해서는 안 된다고 다시 한번 마음먹었다. 그녀의 말 한 마디로 내 마음의 병은 나을 수 있을 테니까……

나는 그녀의 방에 들어설 때마다 감격에 사로잡히곤 했다. 거기에서는 무언지 모를 아늑한 고요함이 감도는데, 그 느낌만으로도 알리사의 모습이 떠오르곤 했다.

창과 침대 둘레에 친 커튼의 푸른 그늘, 반들반들한 마호가니 가구들, 정돈되고 정결하고 조용한 방 안 분위기……

이 모든 것이 그녀의 티 없는 순결함과 사색적인 우아함을 말해 주었다.

그날 아침, 그녀의 침대 곁 벽에 내가 전에 이탈리아에서 가져다 준 두 개의 커다란 마사치오의 사진이 걸려 있지 않은 것을 보고 나는 놀랐다.

어떻게 됐느냐고 물으려던 찰나에 내 시선은 바로 그 옆,

그녀가 애독하는 책들을 얹어 주는 선반 위에 멈췄다.

이 조그마한 선반의 책들 중 절반은 내가 준 책들이고, 또 절반은 우리가 같이 읽은 책들이었다.

나는…… 그 책들이 말끔히 치워지고, 대신 그녀가 경멸했으면 싶던 통속적인 — 너무나 경박한 신앙에 관한 너절한 작은 책자들만이 꽂혀 있는 것을 보았다.

그것을 보고 있던 내가 갑자기 눈을 드니, 알리사가 웃고 있었다.

그렇다! 알리사가 나를 바라보며 웃고 있었다.

"미안해. 네 표정을 보고 웃었어. 내 책장을 보며 갑자기 얼굴을 찌푸리는 것이 어찌나 우스……."

그녀가 웃으면서 말했지만, 나는 전혀 농담할 기분이 아니었다.

"아니, 알리사. 정말로 이것들이 요즘 읽고 있는 거야?"

"응. 이상해?"

"자양이 많은 양식에 익숙해 온 사람은 이런 무미건조한 것들에서 아무런 즐거움도 맛볼 수 없을 거라 생각했는데……."

"무슨 소리를 하는 거야? 이 책들을 지은 사람들은 최선을 다해 자기가 생각하는 것을 설명하고, 아무런 꾸밈없이 솔직하게 이야기해 주는 겸허한 사람들이야. 그리고 나는 이런 사람들과 함께 있는 것이 무척 좋아. 나는 처음부터 알고 있었지만, 이 사람들은 미사여구만 나열하는 짓은 하지 않아. 그래서인지 나도 이 책을 읽은 후부터는 하느님을 모독하는 헛된 찬양을 하지 않으려고 노력하고 있어."

"그래서 이제는 이런 것밖에는 읽지 않는 거야?"

"그래, 몇 달 전부터는……. 게다가 이제는 독서할 시간도 별로 없어. 사실은 아주 최근에도 네가 전에 감탄할 만하다고 가르쳐 주었던 그 위대한 작가들 중 한 사람의 책을 다시 읽으려고 해 보았지만, 성경에 나오는 '제 키를 한 자 늘여 보려고 애를 쓴 사나이'와 같은 결과가 되어 버리고 말았어."

"네게 그런 이상한 생각을 일으키게 한 그 '위대한 작가'가 도대체 누구야?"

"그 작가가 내게 그런 생각을 일으키게 한 건 아니야. 단지 그의 작품을 읽다 보니 그런 생각이 든 거지. 그 작가는……

파스칼이야. 아마도 별로 좋지 않은 구절을 읽었던 모양이
야……."

나는 초조한 몸짓을 했다. 그녀는 아직 손질하지 않은 꽃다
발에서 눈을 들지도 않은 채, 마치 과제를 암송하듯이 맑지만
단조로운 목소리로 이야기하고 있었다.

그녀는 안타까워하는 내 몸짓에 잠시 말을 끊더니, 이내
똑같은 어조로 말을 계속 이었다.

"그 같은 호언장담은 정말 사람을 놀라게 해. 그리고 그
같은 열정에도 감탄을 금할 수 없지만, 그것을 증명해 보이는
것은 거의 없다는 생각이 들었어. 파스칼의 그 비상한 어조는
신앙에서 비롯된 것이라기보다는 오히려 회의의 결과가 아닐
까 하는 생각도 가끔 했고……. 완전한 신앙이라면 그처럼
연약하게 눈물을 흘린다거나 그토록 목소리를 떠는 법이 없
을 테니까."

'파스칼의 음성이 아름다운 것은 바로 그 떨림, 그 눈물에
있는 거야.'라고 나는 반박하려 했으나, 도무지 용기가 나지
않았다. 왜냐하면 그러한 말 속에는, 내가 알리사에게서 귀히
여기던 것을 아무것도 찾을 수 없었기 때문이었다.

나는 지금 그때의 대화를 고치거나 논리적인 것으로 다듬지 않고 그대로 여기에 옮기고 있다.

그녀는 계속 말을 이어 나갔다.

"만일 그가 현세의 생활에서 자기의 즐거움이란 것을 제거해 버리지 않고 그대로 저울에 달아 본다면, 아마도……."

"어떻단 말이야?"

나는 그녀가 말하는 이상한 이야기에 놀라며 물었다.

"파스칼이 제의하는 확실치 않은 행복보다 현세의 생활 쪽으로 기울었을지도 몰라."

"그럼 너는 파스칼이 말하는 그 행복을 믿지 않는 거야?"

내가 이렇게 묻자, 그녀는 여전히 침착한 어조로 말했다.

"그건 아무래도 좋아. 이해타산을 따져가며 거래하듯이 한다는 의심을 피하려면 차라리 막연한 편이 나을지도 몰라. 하느님을 찬양하는 영혼이 덕행을 쌓으려 하는 것은 무슨 보상을 바라서가 아니라, 타고난 고귀한 마음씨 때문일 테니까……."

"파스칼과 같은 고귀한 마음의 피난처인 그 은밀한 회의주의가 바로 거기에서 나온 거야."

"회의주의가 아니야. 장세니즘(Jansenisme : 장세니우스(Jansenius, 1585~1683)가 제창한 극단적 숙명주의 신학 사상으로, 하느님이 모든 것들을 절대적으로 주관하신다는 사상)이야. 하지만 그것이 나와 무슨 상관이 있겠어……. 여기에 있는 이 가련한 영혼들은 — 하고 그녀는 자기 책을 돌아보았다. — 자기들이 장세니스트인지 다른 그 무엇인지 대답하라고 하면 대단히 난처해할 거야. 이들은 마치 바람에 눕는 풀잎처럼 아무런 악의나 괴로움도 없이, 또한 아름다움을 보이려는 마음도 없이 그저 하느님 앞에서 고개를 숙이고 있는 거야. 그들은 자기들이 보잘것없는 존재라고 생각하면서, 단지 하느님 앞에서 자기들 스스로의 모습을 지워 버림으로써 자기들이 어떤 가치를 얻을 수 있다고 알고 있을 뿐이야."

그녀가 미소를 지으며 말했다.

"알리사, 왜 너는 너의 날개를 떼어 버리려는 거야?"

나는 더 이상 참지 못하고 부르짖듯이 큰 소리로 물었다.

그녀의 음성이 너무나 차분하고 자연스러웠기 때문에 내 고함 소리는 우스울 정도로 과장되게 들렸다.

그녀는 고개를 저으면서 미소를 지었다.

"이번에 파스칼을 읽고 얻은 것은……."

"그래, 그게 뭔데?"

그녀가 말을 중단했기 때문에 내가 재촉하듯이 물었다.

"그리스도의 이 말씀뿐이야. '무릇 자기 목숨을 보존하고자 하는 자는 그것을 잃을 것이요……' 그 나머지에 대해서는……."

그녀는 한층 더 환하게 미소를 짓고는, 나를 똑바로 바라보며 말을 이었다.

"사실은 잘 모르겠어. 평범한 사람들과 어울려서 살고 있다가 위대한 사람들의 숭고한 정신에 접하게 되면, 당장 숨이 가빠져서……."

"만일 오늘이라도 너와 함께 이 설교집과 명상록을 읽어야 한다면, 나는……."

나는 당황한 나머지 대답할 말을 전혀 찾아내지 못했다.

그녀가 내 말을 가로막았다.

"하지만 네가 이런 걸 읽는 것을 보게 되면 나는 서글퍼질 거야! 나는 네가 이런 것보다는 훨씬 더 훌륭한 것을 위해 태어났다고 믿고 있으니까……."

그녀는 지극히 간결한 어조로, 또 우리의 삶을 확연하게 분리시키는 이러한 말이 얼마나 나를 가슴 아프게 할 것인가는 조금도 염두에 두지 않은 듯 이야기하고 있었다.

나의 머리는 불이라도 붙은 것처럼 확확 달아올랐다. 나는 좀 더 이야기하고 싶기도 했고, 울고 싶기도 했다.

만일 그때 그녀가 내 눈물을 보았더라면, 나에게 굴복했을지 모른다. 그러나 나는 벽난로 위에 팔꿈치를 짚고 얼굴을 두 손으로 감싼 채 아무 말도 하지 않았다.

그녀는 내 괴로움을 보지 못했는지 혹은 보고도 못 본 체하는지, 계속해서 꽃만 다듬고 있었다.

이때 식사를 알리는 종소리가 들렸다.

"어머, 이러다가 점심 먹을 준비를 못하겠네. 제롬, 먼저 가 줘. 이 이야기는 다음에 다시 하기로 해."

그녀는 마치 장난에 대한 이야기나 한 것처럼 대수롭지 않게 말했다.

그 이야기는 다시 계속되지 않았다. 알리사가 늘 나와 엇갈렸기 때문이다. 그것은 그녀가 나를 피해서가 아니라, 단지 뜻하지 않았던 일이 훨씬 더 급박하고도 중요하게 닥쳐왔기 때문이었다.

나는 차례가 돌아오길 기다렸다. 그러나 내 차례는 끊임없이 생겨나는 집안일이라든가 꼭 해야 될 곳간 일의 감독이라든가, 소작인들이나 또는 그때 그녀가 점점 더 열중하게 된 가난한 사람들에 대한 방문이라든가 하는 따위의 일이 다 끝난 뒤에야 돌아올 뿐이었다.

그러나 그것도 극히 짧은 시간밖에는 차례가 오지 않았다. 나는 언제나 분주한 그녀를 바라볼 뿐이었다.

그러나 그녀가 이런 자질구레한 일을 하는 것을 보고서, 나는 그녀 뒤를 따라다니는 것을 단념했다. 그녀가 얼마나 나를 소홀히 대하고 있는가 하는 느낌이 시간이 흐를수록 커졌기 때문이다.

잠시 이야기를 해 보아도 그러한 느낌이 확연해졌다. 간혹 알리사가 잠시 틈을 내준다고 하더라도, 사실상 어설픈 대화밖에 주고받을 수가 없었다. 그런 이야기조차도 어린애랑 장난치는 것처럼 가볍게 곁들여 줄 뿐이었다.

그녀는 뜻 없는 미소를 지으며 내 곁을 재빨리 지나가곤 했다. 그럴 때마다 나는 그녀가 전혀 알지 못했던 사람이라고 생각될 정도로 멀리 있는 것처럼 느껴졌다.

뿐만 아니라, 간혹 그녀의 미소에서 무언지 모를 모멸감 같은 것, 어딘지 모를 빈정거림 같은 것이 전해져 오곤 했다. 또 그녀가 그렇게 함으로써 내 욕망을 피하는 데 재미를 느끼고 있는 것처럼 보이기도 했다.

그리하여 나는 이런 비난에 더 이상 빠져들지 않겠다고 결심했다. 또한 내가 무엇을 그녀에게 기대하고 있는지도 알 수 없었기 때문에, 그녀에게 불평조차 할 수 없었다. 그리하여 나는 모든 불만을 내 자신에게로 돌려 버리곤 했다.

이렇게 해서, 내가 그처럼 크나큰 행복을 기대했던 며칠이 흘러가 버렸다.

나는 날짜가 하루하루 흘러가는 것을 그저 멍하니 바라볼 뿐, 머물러 있을 날짜를 늘여 보고 싶다거나 시간의 흐름을 늦추고 싶다는 생각 따위를 하지 않았다. 그만큼 하루하루가 나의 고통을 키웠던 것이다.

그러나 내가 떠나기 이틀 전날, 알리사는 나와 함께 폐광이 된 이회암 채굴터 근처에 있는 그 벤치에 함께 갔다. ─ 안개가 끼지 않아 온갖 사물의 아주 작은 부분까지 파랗게 물들어 보였고, 지나간 날의 어렴풋한 추억까지 뚜렷하게 생각나게 해 주는 맑은 가을 저녁이었다.

나는 참다못해, 도대체 어떤 행복을 잃었기에 내가 지금 이다지도 불행하게 된 거냐고 추궁하듯이 물었다.

"하지만 내가 어떻게 할 수 있겠어? 지금 너는 어떤 환영에 대한 사랑에 빠져 있는 거야."

그녀는 대뜸 이렇게 말했다.

"아니야. 결코 환영이 아니야, 알리사."

"마음속에 그리는 어떤 모습이겠지……."

"아! 난 그런 걸 만들어 낸 적이 없어. 당신은 정말 내가 사랑하는 사람이었어. 나는 옛날의 그 다정했던 알리사를 기억하고 있다고……. 알리사! 당신은 내가 사랑하는 유일한 사람이야. 그런데 당신은 도대체 자기 자신을 어떻게 해 버린 거야? 무엇이 되어 버린 거냐고?"

그녀는 아무 말 없이 고개를 숙인 채 꽃잎만 뜯고 있었다.

"제롬, 왜 그전보다도 나를 덜 사랑한다고 솔직히 말하지 않는 거야?"

"왜냐고? 그건 사실이 아니기 때문이야. 나는 지금 그 어느 때보다도 당신을 사랑하고 있단 말이야."

나는 분노에 차 소리쳤다.

"너는 지금의 나를 사랑하고 있고, 그러면서도 옛날의 나를 그리워하잖아……. 하지만 나는 내 사랑을 과거에 붙들어 둘 수는 없어. 사랑도 다른 것과 마찬가지로 흘러가 버리지 않을 수 없는 거라고……."

그녀는 애써 미소를 짓고 나서 어깨를 약간 추켜올리며 말했다.

내 발밑에서 땅이 꺼져 내려앉는 것 같았다. 그래서 나는 무엇이고 잡히는 대로 매달리고 싶은 심정이 되어 말했다.

"내 사랑은 내가 죽을 때까지 함께할 거야."

"그것도 차츰 스러져 갈 거야. 네가 여전히 사랑하고 있다는 그 알리사는 이젠 단지 너의 추억 속에 남아 있을 뿐이야. '그녀를 사랑한 적도 있었지.' 하고 네가 단순히 추억에 잠길 날이 올 거라고……."

"너는 지금…… 마치 다른 무엇이 내 마음속에서 너와 자리를 바꿀 수 있거나 또는 내 마음이 더 이상 당신을 사랑해서는 안 된다는 투로 말하고 있어. 뿐만 아니라, 나를 사랑해 왔다는 사실조차 기억 못 하고 있는 것 같아. 그렇지 않다면, 나를 괴롭히는 일을 그렇게 아무렇지 않게 할 수는 없을 거야……."

나는 핏기 없는 그녀의 입술이 파르르 떨리는 것을 보았다.

그녀는 거의 알아들을 수 없는 목소리로 이렇게 중얼거렸다.

"아냐, 아냐. 내 마음은 변하지 않았어."

"그렇다면 알리사, 아무것도 변한 게 없잖아?"

내가 그녀의 팔을 잡으며 말했다.

그러자 그녀가 더욱 자신 있는 어조로 말을 이었다.

"한 마디로 설명할 수 있는데, 왜 솔직하게 말하지 않지?"

"무슨 말을?"

"나는 나이가 많아."

"쓸데없는 소리는 그만둬."

나는 곧장, 나도 그녀 못지않게 나이를 먹었으며 두 사람의 나이 차는 예전과 다름이 없다고 항의했다.

그러자 그녀가 다시 정신을 가다듬었다. 이렇게 해서 유일한 기회가 지나가 버렸다.

나는 말다툼에 이끌려 들어가, 유리한 점을 모두 포기한 폭이 됐다. 나는 어찌 할 바를 몰랐다.

이틀 후에 나는 퐁그즈마르를 떠났다. 그녀와 나 자신에 대한 불만을 품고, 또 그때까지 내가 '덕'이라고 부르던 것에 대한 막연한 혐오감과 내 마음을 떠나지 않는 그 집념에 대한 울화를 삭히지 못한 채로……

나는 이 마지막 해후에서 내 사랑을 너무 과장했던 나머지, 모든 열정을 소진해 버린 것 같았다.

처음에는 항변해 보려 했지만, 알리사의 말 한 마디 한 마디는 내 항변이 침묵에 잠겨 버린 다음에도 여전히 생생하게 내 마음속에 머물러 있었다.

그래! 그녀의 말이 맞을 거야. 난 이제까지 사랑의 환영만을 그리고 있었던 거야. 내가 사랑했었고, 아직도 사랑하고 있는 알리사는 이미 존재하지 않는 거야……

그래! 우리는 나이가 든 거야! 내 마음을 얼어붙게 한 그녀의 변모도 자연스러운 일에 지나지 않는 거라고……. 알리사

는 혼자 있게 되자마자 자기의 수준, 그 평범한 수준으로 내려
가 있지 않았는가. 그리고 거기까지 내려가 버리자, 사랑할
기분이 사라져 버렸는지도 모른다.

내가 그녀를 조금씩 조금씩 높여 갔고, 내가 좋아하는 모
든 것으로 그녀를 장식하여 마음속에서 우상으로 만들었다
고 한들, 지금 남아 있는 것이 피로 외에 무엇이 있단 말인
가…….

나 혼자만의 노력으로 그녀를 올려놓았던 그 높은 곳에서
다시 그녀야 함께하기 위해 힘썼던, 그 덕행에 대한 헌신적인
노력은 얼마나 어리석은 꿈이 되어 버렸는가…….

긍지가 조금만 덜했다면, 우리의 사랑이 이렇게 힘들지 않
았을지도 모른다. 그러나 대상을 잃은 사랑에 집착하는 것이
무슨 의미가 있단 말인가?

그것은 다만 고집일 뿐, 이미 충실한 것도 아니다. 만약 충
실하다면, 그것은 과오에 대해서 충실할 뿐이다.

그렇다면 지금까지 잘못 생각하고 있었다고 자인하는 것이
가장 현명한 일이 아닐까?

이렇게 혼란스러워하던 때에 아테네 학원에 추천을 받았

고, 나는 별다른 야망이나 흥미도 없이 다만 떠난다는 생각에
빠져 버렸다.

그리하여 마치 탈출이라도 감행하듯이, 기꺼이 입학하기로
결정해 버렸다.

7

그런데도 나는 다시 한 번 알리사를 만났다. 그것은 3년이 지나서였다.

여름이 끝날 무렵이었는데, 나는 그 이전에 그녀의 편지로 외삼촌이 별세하셨다는 것을 알고 있었다.

당시 여행을 하고 있었던 나는 팔레스티나에서 꽤 긴 답장을 보냈지만, 종내 답장이 오지 않았다.

르아브르에 있던 내가 어떤 구실로 자연스럽게 퐁그즈마르에까지 가게 되었는지, 지금은 기억나지 않는다.

나는 알리사가 그곳에 있으리라는 것을 알고 있었지만, 그녀가 홀로 있지 않으면 어쩔까 하고 걱정이 되었다.

나는 그곳에 간다는 것을 미리 알리지 않았다. 일상적인 것처럼 찾아가는 것에 적잖이 불편해하며, 나는 이렇다 할 작정 없이 그냥 걸음을 옮겼다.

들어가 볼 것인가? 아니면 차라리 만나지 말고, 만나려 하지도 말고 그냥 돌아갈까⋯⋯?

그래, 그렇게 하자! 홀로 그 가로수 길을 거닐다가, 혹시 지금도 가끔 그녀가 와서 앉을지도 모를 벤치에 앉아 보자⋯⋯.

그러나 나는, 내가 가 버린 후에 내가 다녀갔다는 것을 그녀에게 알리려면 어떤 표시를 남겨야 할 것인가 하는 것을 궁리했다.

이런 생각을 하면서 나는 천천히 걸었다. 그녀를 만나지 않기로 결심하고 나자, 내 마음을 졸라매고 있던 쓰라린 슬픔이 달콤한 우수로 바뀌었다. 그러다 보니 어느새 가로수 길까지 이르렀다.

나는 들키지나 않을까 조바심을 내며, 농가의 안마당을 구분하고 있는 둑을 따라 가장자리로 걸었다.

나는 알리사네 정원 안을 내려다볼 수 있는 둑의 한 지점을 알고 있었다.

그곳에 올라서서 바라보니, 낯선 정원사가 오솔길에서 잡초를 긁어모으고 있었다. 하지만 이내 내 시야에서 사라졌다.

새로 세워진 생울타리가 안쪽을 둘러싸고 있었다. 내가 지나가는 발자국 소리를 듣고 개가 짖어 댔다.

나는 좀 더 나아가 가로수 길이 끝나는 곳에서 흙담이 있는 오른쪽으로 돌았다. 그러고는 이제 막 걸어온 길과 평행으로 나 있는 너도밤나무 숲을 지나, 채소밭에 있는 비밀문 앞으로 향했다.

그때 문득 이 문을 통해 정원으로 들어가 보고 싶다는 생각이 나를 사로잡았다.

문은 닫혀 있었다. 그러나 안의 빗장이 퍽 약해 보여서, 어깨로 밀어 부술까 하고 생각했다.]

바로 이때 발자국 소리가 들려왔다. 나는 담이 움푹 들어간 곳에 몸을 감췄다.

정원에서 나오는 사람이 누구인지 나는 볼 수가 없었다. 그러나 나는 그 발자국 소리를 듣고, 알리사라는 걸 알았다.

그녀는 몇 걸음 앞으로 나오더니, 가냘픈 목소리로 부르는 것이었다.

"제롬이니……?"

순간 심하게 고동치던 심장이 딱 멈추고, 막혀 버린 목에서는 단 한 마디 말도 나오지 않았다.

그러자 그녀가 좀 더 목소리를 높여 다시 불렀다.

"제롬, 너지?"

그녀가 나를 이렇게 부르는 소리를 듣자, 나는 너무도 벅찬 감동에 못 이겨 무릎을 끊고 말았다. 여전히 내가 대답을 못하자, 알리사는 몇 걸음 걸어 나와 담을 돌았다.

그러더니 느닷없이 내 몸에 — 나는 그녀를 보는 것이 두려워 두 팔로 얼굴을 감싸고 있었다. — 그녀가 와 닿는 것이 느껴졌다. 그녀가 잠시 내게로 몸을 굽혔던 것이다.

나는 당황한 채로, 그녀의 그 가냘픈 두 손을 잡았다.

"왜 숨어 있었니?"

나는 3년이란 세월이 흘렀음에도, 헤어진 것이 불과 며칠 전이었던 것처럼 담담한 얼굴로 말했다.

"어떻게 나인 줄 알았어?"

"기다리고 있었어."

"기다리고 있었다고?"

나는 너무나 놀라서, 그녀의 말을 믿을 수 없다는 듯이 입을 다물지 못했다.

그러면서 내가 여전히 무릎을 꿇고 있자, 그녀가 말했다.

"벤치로 가자. 나는 다시 한 번 만나게 되리라는 것을 알고 있었어. 사흘 전부터 나는 저녁마다 이곳에 와서 오늘처럼 너를 불렀어. 그런데 왜 대답을 하지 않았지?"

나는 숨이 막힐 듯한 감동을 억누르며 간신히 말했다

"그렇게 갑자기 나타나지 않았다면, 난 너를 만나지 않고 떠났을 거야. 마침 르아브르를 지나던 길이라, 저 가로수 길을 좀 거닐어 보고 정원 주변도 돌아보았어. 그리고 요즘도 네가 와서 앉을 듯싶은 이회암 채굴터에 있는 그 벤치에서 잠시 쉬어 볼까 했을 뿐이야. 그러고는……."

"사흘 전부터 저녁마다 이곳에 와서 내가 무엇을 읽었는지 좀 봐."

그녀는 내 말을 막으면서 한 다발의 편지를 내밀었다. 내가 이탈리아에서 보낸 편지들이었다.

순간, 나는 그녀를 똑바로 쳐다보았다. 그녀는 놀라울 정도로 변해 있었다. 야위고 파리해진 그녀의 모습이 내 가슴을 무겁게 짓눌렀다.

내 팔에 기대 의지해 있는 그녀는 춥거나 혹은 겁에 질린 것처럼 내게 바짝 붙어 있었다.

그녀는 아직도 상복 차림이었다. 모자 대신 머리에 쓰고 있는 검은 베일이 그녀의 얼굴을 더욱 창백하게 보이게 했다. 그녀는 미소를 짓고 있었으나 금방이라도 기절할 것처럼 보였다.

나는 문득, 그녀 혼자서 퐁그즈마르에 있는 것이 아닐까 하고 염려스러워졌다.

하지만 혼자는 아니었다. 로베르가 함께 있다는 것이었다. 8월에는 줄리엣과 에두아르, 그리고 그들의 세 아이가 와서 한 달 동안 함께 지내고 갔다고도 했다.

우리는 벤치에 가서 앉았다. 그러나 얼마 동안 우리의 대화는 여전히 진부한 소식을 묻는 정도였다.

그녀는 나에게 무슨 일을 하고 있는지를 물었다. 나는 별로 내키지 않은 기분으로 대답했다. 이제는 내가 학문에 대한 흥미를 상실했다는 것을 그녀가 깨달아 주었으면 싶었다.

그녀가 전에 나를 실망시켰던 것과 마찬가지로, 나도 그녀를 실망시키고 싶었다. 하지만 그녀가 전혀 내색을 하지 않아, 그런 마음이 전해졌는지는 확인할 수 없었다.

내 마음속에는 울분과 함께 사랑이 가득 차 있었지만, 될 수 있는 대로 쌀쌀하게 이야기하려고 애를 썼다. 그러나 때때로 복받쳐 올라오는 감동으로 목소리가 떨려 나와, 그런 내 자신이 정말 원망스러웠다.

얼마 전부터 한 조각구름에 가리어 있던 석양이 우리의 정면에서 그 모습을 나타내더니, 텅 빈 들판을 떨리는 낙조로 가득 채웠다. 그러다가 우리 발밑에 펼쳐져 있는 좁은 골짜기를 느닷없이 붉은 빛으로 뒤덮는가 싶더니만 이윽고 사라져버렸다.

나는 그러한 모습에 황홀해하며 말없이 앉아 있었다. 그 빛나는 황홀감이 다시 한번 나를 휘감으며 나의 뼛속까지 스며드는 것 같았다. 그러자 내 마음에 자리하고 있던 원망이 사라져 버리고, 사랑의 속삭임만 들려오는 것이었다.

이윽고 내게 기대어 있던 알리사가 몸을 굽히며 일어섰다. 그녀는 웃옷 속에서 부드러운 종이에 싼 조그마한 물건을 꺼내더니, 그것을 내게 내밀려다가 멈추었다. 무엇인가를 망설이는 것 같았다.

나는 그러한 모습을 의아한 듯 바라보았다.

"자, 제롬. 이건 나의 자수정 십자가 목걸이야. 오래전부터 네게 주고 싶었어. 사흘 전부터 저녁마다 가지고 왔어."

"그걸 어떻게 하라는 거지?"

나는 매우 퉁명스럽게 말했다.

"나에 대한 추억으로 이걸 간직했다가, 너의 딸에게 주었으면 해."

"딸이라니?"

나는 무슨 말인지 깨닫지를 못한 채, 알리사를 쳐다보며 소리쳤다.

"내 말을 잘 들어 줘, 부탁이야. 그리고 제발 나를 그렇게 쳐다보지 마. 그렇지 않아도 말하는 것이 힘들어. 하지만 이것은 꼭 이야기하고 싶어. 이것 봐, 제롬. 언젠가는 결혼할 것 아냐? 아니, 대답하지 마. 그리고 내 말을 막지 말아 줘. 부탁이야. 나는 단지…… 내가 너를 몹시 사랑했다는 것을 네가 오래도록 기억해 주었으면 해. 그리고…… 벌써 오래전부터, 3년 전부터…… 나는 네가 좋아하던 이 조그마한 십자가를,

언젠가는 너의 딸이 나를 기억하며 목에 걸어 주었으면 하고 생각해 왔어……. 언제 누가 준 것인지도 모르면서……. 그리고 어쩌면 그 애에게 내 이름을 붙여 줄 수도 있자 않을까 하고 말이야."

그녀는 목이 메는지, 말을 멈췄다.

나는 거의 적의에 찬 어조로 소리쳤다.

"왜 네가 직접 주지 않고?"

그녀는 말을 하려고 안간힘을 썼다. 하지만 그녀의 입술에서는 소리가 나오는 대신 파르르 떨면서 어린애처럼 흐느끼는 소리만 새어 나왔다.

그녀는 눈물을 흘리지는 않았다. 하지만 이상할 정도로 반짝이는 그녀의 얼굴이 초인간적이면서도 천사와도 같은 아름다움으로 물들어 갔다.

"알리사! 내가 누구와 결혼을 하겠어? 내가 너 외에는 아무도 사랑하지 않는다는 것을 잘 알고 있잖아……."

나는 갑자기 미친 듯이 난폭하게 그녀를 껴안으며, 거세게 입맞춤을 퍼부었다. 뒤로 몸을 젖힌 채 온몸을 내맡기듯이 내게 안겨 있는 그녀를, 나는 한동안 꼭 껴안고 있었다.

그녀의 눈길이 점점 흐려져 갔다. 그리고 눈시울이 차츰 닫히더니, 비길 데 없을 만큼 뚜렷하고 아름다운 목소리로 말했다.

"우리 서로를 불쌍히 여겨 주자, 제롬. 그리고 제발…… 우리의 사랑에 상처를 주지 말자."

아마 그녀는 이렇게 덧붙였을 것이다.

"비겁한 짓도 하지 말자."

아니, 어쩌면 그것은 내 자신에게 하는 소리였는지도 모른다. 지금…… 그때 일이 정확하게 생각나지 않기 때문이다.

아무튼 나는 갑자기 그녀 앞에 무릎을 꿇고 앉아, 경건한 마음으로 그녀를 감싸면서 말했다.

"그렇게도 나를 사랑했다면 어째서 항상 나를 밀어냈어? 자, 들어 봐! 처음에 나는 줄리엣의 결혼을 기다렸어. 너 또한 그녀가 행복해지기를 기다리고 있다는 것을 알았어. 그녀는 이제 행복해. 그건 네가 해 준 이야기야. 그다음에는, 나는 네가 아버지를 모시고 계속 그 곁에서 지내길 바란다고 생각했어. 하지만 이제는 우리 단둘뿐 아냐?"

"오오! 지난 일은 아쉬워하지 마. 지금은 이미 페이지를 넘기고 난 뒤야."

그녀가 중얼거렸다.

"그러나 아직 늦지 않았어, 알리사!"

"아니야, 제롬. 이젠 늦었어. 사랑을 통해서, 우리가 서로를 위해 사랑보다 더 훌륭한 것을 추구하기 시작했을 때부터 이미 늦었던 거야. 제롬, 네 덕택에 내 꿈은 인간적인 만족이 그것을 전락시킬 수 없을 만큼 한없이 높이 올라갔어. 하지만 나는 우리의 사랑이 더 이상 완전치 못하게 된다면, 그 순간부터 그것을 지탱해 낼 수가 없을 것만 같아서 두려웠어. 우리의 사랑을……."

"우리가 서로 떨어져 살 때, 우리의 삶이 어떨까를 생각해 봤어?"

"아니! 한 번도……."

"이젠 너도 알겠지! 3년 전부터 내가 너 없는 세상 속에서 방황하고 다녔다는 것을……."

밤이 내리고 있었다.

그녀는 "추워."라고 말하며 일어서더니, 내가 팔을 다시 잡을 수 없도록 숄을 바싹 죄어 몸을 감쌌다. 그리고 나서 이렇게 말했다.

"우리를 불안하게 만들고 또 우리가 잘못 이해하지나 않았을까 하고 두려워하던 성경 구절 — '주님께서는 우리를 위하여 가장 좋은 것을 예비하여 두셨기에, 그들은 저희들이 그 약속한 바를 얻지 못하였느니라.' — 기억하지?"

"너는 그 말을 항상 믿니?"

"그걸 믿어야 해."

우리는 잠시 동안 말없이 걸었다. 그녀가 다시 말을 이었다.

"제롬, 상상할 수 있어? '가장 좋은 것'이란 그 구절……."

이 말을 하고 난 그녀의 눈에서 갑자기 눈물이 솟구쳤다. 눈물이 흘러넘치는데도 그녀는 여전히 '가장 좋은 것'이란 말만 되풀이했다.

우리는 조금 전에 그녀가 나왔던 채소밭의 비밀문 앞에 이르렀다. 그때 그녀가 나를 돌아다보며 말했다.

"잘 가. 아니, 더 이상 오지 마. 잘 가, 사랑하는 나의 벗! 지금부터 시작되는 거야. 가장 좋은 것이……."

그녀는 팔을 뻗쳐 내 어깨 위에 두 손을 얹더니, 형언할 수 없는 듯한 표정으로 한동안 나를 물끄러미 바라보았다.

나를 붙드는 것 같기도 하고, 밀어내는 것 같기도 한 표정에 사랑을 가득 담고서…….

이윽고 문이 닫히고, 빗장 지르는 소리가 들렸다. 나는 더이상 참을 수 없는 절망에 사로잡혀 그 문에 기댄 채 쓰러졌다. 그리고는 캄캄한 어둠 속에서 오래도록 흐느껴 울었다.

그러나 그때 그녀를 붙잡았더라면, 그 문을 밀치고 들어갔더라면……. 어떻게 해서든지 ― 하긴 내가 못 들어가도록 잠겨 있지도 않았겠지만 ― 집 안으로 들어갔더라면…….

하지만 아니다. 지금에 와서 이 모든 과거를 되돌아보아도…… 그건 내게 가능한 일이 아니었다.

지금의 나를 이해하지 못하는 사람은 그때의 내 심정 역시 이해하지 못할 것이다.

걷잡을 수 없는 불안에 사로잡혀, 나는 며칠 뒤에 줄리엣에게 편지를 썼다.

내가 퐁그즈마르에 갔었다는 것, 알리사의 창백하고 여윈 모습에 얼마나 놀랐는지를 썼다.

그리고 알리사를 잘 돌봐 달라고 하면서, 이제 더 이상 알리사 본인에게 오는 편지를 기대할 수 없게 되었으니 대신 가끔 소식이나 전해 달라고 부탁했다.

그 후 한 달도 채 못 되어, 다음과 같은 편지를 받았다.

제롬!

너무나도 슬픈 소식을 전하게 되었어요.

우리의 가엾은 알리사가 더 이상 이 세상에 없다는…….

아아! 오빠의 편지에 적혀 있던 두려움은 너무나 당연한 것이었어요. 언니는 몇 달 전부터 확실한 병 증세도 없이 점점 쇠약해졌거든요.

그러다가 언니는 내 간청에 못 이겨 르아브르의 A 박사의 진찰을 받았어요. A 박사가 제게 편지를 보내왔는데, 언니에게 심각한 증세가 없다면서 걱정할 게 없다고 했어요.

그러나 오빠가 다녀가신 뒤 사흘 만에 언니는 갑자기 퐁그즈마르를 떠났어요. 그것도 로베르의 편지를 받고서야 알았어요.

언니가 편지를 하는 일은 좀처럼 없어서, 로베르가 없었다면 저는 아무것도 몰랐을 거예요. 언니한테서 소식이 없다고 해도 크게 걱정하지는 않았을 테니까요.

저는 언니를 그대로 떠나도록 내버려 둔 것과, 파리까지 동반하지 않은 것에 대해 로베르를 호되게 나무랐어요. 그 뒤로 얼마 동안 언니의 거처조차 알지 못했으니까요.

언니를 볼 수도 없고 편지도 보낼 수가 없어서, 얼마나 애를 태웠는지 몰라요.

며칠 뒤에 로베르가 파리로 갔지만, 아무것도 알아내지를 못했어요. 그 애는 어찌나 꾸무럭대는지 그가 언니를 찾을 생각이 있는지 의심스러울 지경이었어요.

결국 경찰에 알리는 수밖에 없었고, 에두아르가 가서 언니가 은신해 있던 작은 요양원을 찾아냈어요. 하지만 그때 이미 늦었더군요.

언니의 죽음을 알리는 원장의 편지와, 언니의 임종조차 보지 못했다는 에두아르의 전보를 동시에 받았거든요.

언니는 마지막 날 우리가 통지를 받을 수 있도록 한 장의 봉투에다 우리의 주소를 적어 놓았고, 다른 한 장의 봉투에는 르아브르의 우리 공증인에게 보내는 유언장 사본이 들어 있었어요.

그 편지의 한 부분은 오빠에 관한 것이라고 생각돼요. 그

내용은 조만간 다시 알려 드릴게요.

그저께 치른 장례식에는 에두아르와 로베르가 참석했는데, 장지까지 따라간 것은 그 둘만이 아니었대요. 요양원 환자 몇 사람이 장례식에 참석한 다음 장지까지 동행하겠다고 했다는군요.

저는 다섯째 아이의 출산을 앞두고 있어서 도무지 몸을 움직일 수가 없었어요.

언니의 죽음이 얼마나 오빠를 슬프게 할지 너무나 잘 알아요. 찢어지는 마음으로 편지를 쓰는 지금, 저도 너무나 힘이 들어요.

하지만 나 아닌 다른 사람에게 — 에두아르나 로베르라 할지라도 — 우리 둘만이 이해할 수 있었던 알리사에 관한 이야기를 맡기고 싶지 않았어요.

가정주부로서 나이가 제법 든 지금, 뜨겁게 불타오르던 과거를 잿더미가 모두 뒤덮어 버린 지금…… 오빠를 다시 한번 만나고 싶어해도 괜찮은 거지요?

언제라도 볼일이 있거나 혹은 마음이 내켜서 님프에 오시게 되면, 꼭 에그비브에 들러 주세요.

에두아르도 오빠를 만나게 되면 무척 기뻐할 거고, 우리 둘이서 알리사 이야기도 할 수 있을 거예요.

그럼 안녕히 계세요, 오빠.

서글픈 마음으로 키스를 보내며…….

며칠 뒤, 나는 알리사가 퐁그즈마르를 로베르에게 남겨 주었으나 자기 방에 있던 모든 물건과 몇 개의 가구만은 줄리엣에게 보내도록 부탁했다는 것을 알았다.

알리사가 내 이름을 적어 봉함해 둔 서류는 얼마 후 받기로 되어 있었다.

그리고 내가 마지막으로 그녀를 방문했을 때 받기를 거절했던 그 조그만 자수정 십자가 목걸이를, 알리사가 자기 목에 걸어 달라고 부탁했다는 얘기도 들었다. 또 그 부탁대로 해 줬다는 얘기도 에두아르를 통해 알았다.

공증인이 내게 발송해 온 봉함 봉투에는 알리사의 일기가 들어 있었다.

그중 상당 부분을 나는 이곳에 옮겨 보겠다. 아무런 설명도 붙이지 않은 채 그대로 옮길 생각이다.

이 일기를 읽을 때 내 마음에 떠오르던 갖가지 상념과 글로는 불충분하게밖에 표현할 수 없는 나의 심적 혼란……

이 점에 대해서는 여러분도 충분히 짐작하리라 믿는다.

알리사의 일기

에그비브에서 그저께 르아브르로 출발. 어제 님므에 도착. 나의 첫 여행!

집안일에서 벗어난 홀가분함 속에서 오늘 1887년 5월 23일, 스물다섯 살이 되는 생일을 맞아 나는 일기를 쓰기 시작한다. 이렇다 할 즐거움을 기대한다기보다는, 그저 벗 삼아 보려는 생각에서이다. 아마도 난생 처음으로, 내가 홀로 있다는 느낌이 들었기 때문일지 모른다.

낯선, 거의 타향이라고도 할 수 있는, 그리고 아직 아무런 인연도 맺지 못한 이 고장이 내게 속삭여 주는 것은 노르망디나 또는 퐁그즈마르에서 늘 듣던 것과 별반 다를 것이 없을 것이다. 왜냐하면 하느님은 어디서나 다름이 없으시니까……

하지만 이곳 남부 지방에서는 내가 아직 배우지도 못하고, 놀라움으로만 듣고 있던 언어를 사용하고 있다.

5월 24일

줄리엣은 내 옆의 소파에서 졸고 있다. 모래 깔린 안마당으로 이어지는, 이 집의 매력인 이탈리아풍의 활짝 열린 갤러리 안이다……

줄리엣은 소파에 앉은 채로 여러 가지 색깔의 집오리들이 뒤뚱거리며 놀고 있는 모습을 바라보고 있다. 그리고 두 마리의 백조가 헤엄치고 있는 연못까지 잔디밭이 펼쳐져 있다.

여름에도 마르는 일이 없다는 시냇물이 연못에 물을 대 주고 차츰 야생의 숲으로 변해 가는 정원을 가로질러 메마른 벌판과 포도밭 사이를 굽이치다가, 이내 완전히 그 모습을 감춰 버리곤 했다.

어제, 에두아르 테시에르는 내가 줄리엣과 같이 있는 동안에 아버지에게 정원, 농장, 지하실, 창고 그리고 포도밭을 구경시켜 줬다.

나는 오늘 이른 아침에 혼자서 정원 안 이곳저곳을 둘러보
며 산책을 했다. 이름 모를 수많은 초목들, 나는 점심때 그
이름을 알아보려고 하나하나 잔가지들을 꺾어 모았다.

빌라보르게 에즈라든가 도리아 팡필리 별장에서 제롬이 눈
여겨보던 초록색 떡갈나무가 그 가운데 끼어 있는 것을 알
수 있었다. 우리가 사는 북부 지방의 초목과 같은 종류이긴
하지만, 그 모양은 전혀 다르다.

이 떡갈나무들은 정원이 거의 끝나는 곳에서 좁고도 신비
로운 빈터를 둘러싼 채 감촉이 부드러운 잔디 위에 늘어져
있었다. 마치 요정들의 합창을 권유하는 것처럼……

퐁그즈마르에서의 자연에 대한 나의 감정이 그렇게도 기독
교적이었던 데 반해, 이곳에서는 나도 모르게 신화적인 것으
로 변해 가는 것이 놀랍고 두려울 지경이다. 하지만 점점 나를
억누르고 있던 그 두려움도 역시 종교적인 것이었다.

나는 '여기 있는 것은 성스러운 숲이니……'라고 중얼거렸다.

공기는 수정처럼 맑았고, 신비스러운 고요가 깃들여 있는
것 같았다. 나는 오르페우스라든가 아르미데스에 관한 생각
을 하고 있었다.

바로 그때, 갑자기 새의 노랫소리가 들려왔다. 그 소리는
바로 내 곁에서 들려왔는데, 감동적이라고 할 만큼 너무나
순수하고 맑았다. 불현듯 자연 전체가 그 노래를 기다리고
있었다는 느낌이 들 지경이었다.
　　가슴이 몹시 세차게 뛰었다. 나는 잠시 나무에 기대 서 있다
가, 아직 아무도 일어나기 전에 다시 돌아왔다.

5월 25일

　　제롬에게서는 여전히 편지가 없다. 르아브르로 편지를 했
으면 이리로 다시 전해져 왔을 텐데……. 단지 이 노트에 나의
불안을 털어놓을 수 있을 따름이다.
　　어제 멀리까지 산책을 하고 기도를 드렸지만, 사흘 전부터
불안해진 마음이 좀처럼 가라앉질 않는다.
　　오늘은 아무래도 다른 것은 그 무엇도 쓸 수가 없을 것 같다.
　　에그비브에 온 이래로 내가 느끼고 있는 이 이상한 우울은
그 이유가 분명하지 않다.
　　하지만 나는 이 우울을 너무도 가슴 깊이 느끼고 있기 때문
에, 벌써 오래전부터 내 안에 뿌리를 내리고 있는 것만 같다.

나 자신이 자랑스럽게 여겨 왔던 기쁨이라는 것마저도 실은 이 우울을 감싸고 있는 껍데기에 지나지 않는다는 생각이 지워지질 않는다.

5월 27일

나 자신을 속일 필요가 어디 있을까?

내가 줄리엣의 행복을 기뻐하는 것은 다분히 의도적인 것이다. 내가 그처럼 바라던 그 애의 행복, 내 행복을 희생하면서까지 주고 싶었던 것이 아니었던가……

하지만 내가 바라던 그 행복과는 너무나 다른 것 같다.

그렇게도 원했던 행복이 아무런 고통도 치르지 않고 얻어졌다는 생각이 들자, 나는 몹시 괴로웠다. 이 얼마나 복잡한 얽힘인가!

그래……. 내 희생과는 상관없이 그 애가 자신의 행복을 찾았다는 것, 내 희생 없이도 그 애는 행복해질 수 있었다는 사실을 깨닫게 된 것이다.

그 사실이 내 마음속에 자리 잡자, 다시 무서운 이기심이 분개하기 시작했다.

그리고 제롬의 침묵이 얼마나 나를 불안케 하고 있는가를 느끼게 되었고, 내 스스로가 택했다고 믿고 있는 희생이 '정말 내 가슴속에서 이루어졌던 것인가?' 하고 자문하지 않을 수 없었다.

이제 더 이상, 하느님께서 나에게 그러한 희생을 요구하시지 않는 것이 나는 몹시 치욕스럽게 느껴진다.

정말…… 나는 그러한 희생을 할 능력이 없었던 것일까?

5월 28일

나의 슬픔을 분석한다는 것이 얼마나 위험한 일인가!

나는 벌써 이 노트에 집착하고 있다. 이미 내 마음속에서 극복했다고 생각했던 간사한 마음이 여기서 다시 나래를 펴려 하는 것일까……?

아니다! 이 일기는 내 영혼이 그 앞에서 단장을 하는, 자기 만족을 위한 거울이어서는 안 된다!

내가 이 일기를 쓰는 것은…… 처음 생각했던 것처럼 무료해서가 아니라, 슬픔 때문이다.

슬픔이란 내가 오랫동안 잊어버리고 지내 온 것으로, 이제는 증오하면서 내 영혼을 순화시키기 위해 떨쳐 내고 싶은 '죄의 상태'다.

이 일기는 내 마음속에 다시 행복이 깃들 수 있도록 나를 도와주어야 한다.

슬픔이란 복잡하게 얽힌 하나의 착잡함이다. 하지만 나는 나의 행복을 분석해 보려고 한 적이 지금까지 한 번도 없다.

퐁그즈마르에서도 나는 혼자였다. 지금 여기서보다도 더……. 그런데 어째서 그것을 느끼지 못했을까?

제롬이 이탈리아에서 편지를 보내왔을 때도…… 나는 그가 나 없이도 세상을 바라보고, 나 없이도 세상 속에서 살아 나가는 것을 말없이 받아들였다. 또한 마음으로 그를 따랐으며, 그의 기쁨을 나의 것이라 여겼었다.

그러나 지금은 나도 모르게 그를 부르고 있다.

내가 보는 모든 새로운 것이 도리어 나를 괴롭게 한다. 그가 없어서일까…….

6월 10일

시작한 지 얼마 되지도 않았는데, 이 일기는 꽤 오랫동안 중단되었다.

귀여운 리즈의 출생, 줄리엣을 돌보면서 지샌 긴 밤들, 제롬에게 쓸 수 있는 모든 것들……. 그것들을 여기에 적는 것을 그리 즐거운 일이라고 여기지 않았던 것 같다.

허다한 여성들이 공통적으로 지닌, '너무 자주 쓴다.'라는 견딜 수 없는 결점을 나는 피하고 싶다.

나는 다만 이 일기를 자기완성을 위한 하나의 도구로 삼고 싶을 뿐이다.

그 뒤 몇 페이지는 책을 읽다가 적어 둔 메모라든가 책에서 베낀 구절 등으로 채워져 있었다.

그러고는 다시금 퐁그즈마르에서 적은 기록들이 이어졌다.

7월 16일

줄리엣은 행복하다. 그 애 자신이 그렇게 이야기하고 있고, 또 그렇게 보인다. 나는 그것을 의심할 권리도 없고 이유도 없다.

그런데 지금 그 애 곁에서 내가 느끼는 이 불안과 불편한 감정은 도대체 어디에서 연유하는 것일까……?

아마도 그것은 이 행복이 너무나 쉽사리 얻어진 듯이 느껴지고 또 너무나 빈틈없이 '들어맞는' 그러한 것이어서, 그 행복이 영혼을 죄고 질식시킨다고 느끼는 데서 오는 것은 아닐까…….

그래서 지금 나는…… 내가 바라는 것이 행복 그 자체인지, 혹은 행복에 이르기까지의 과정인지를 스스로 묻고 있다.

오오, 주여! 너무도 쉽게 도달할 수 있는 행복으로부터 저를 지켜 주시고, 제가 당신에게 이를 때까지 제 행복을 미루고 연기할 수 있도록 이끌어 주옵소서.

그다음은 여러 장이 뜯겨져 나가 있었다. 르아브르에서 우리가 고통스럽게 재회했던 일에 대한 기록이 아니었을까 싶다.

일기는 그 다음 해에 다시 시작되었다. 날짜는 적혀 있지 않았으나, 틀림없이 내가 퐁그즈마르에 머물러 있던 때에 쓴 것이리라.

그의 이야기에 귀를 기울이고 있다 보면, 나 자신을 내가 바라보고 있다는 느낌이 들곤 한다. 그는 나에 대해 이야기해 주고, 나로 하여금 나 자신을 발견하게 해 준다.

그가 없이 내가 존재할 수 있을까? 나는 오직 그와 함께 있어야만 존재할 수 있는데…….

때때로 내가 그에 대해 느끼는 감정이, 과연 남들이 사랑이라고 부르는 그것인지 알 수 없어서 곤혹스럽다. 사람들이 흔히 그려 내는 사랑이 내가 그리는 사랑과 많이 다르기 때문이다.

나는 내가 그를 사랑하고 있다는 것조차도 깨닫지 못한 채 그를 사랑하고 싶다. 무엇보다도 그가 모르게 그를 사랑하고 싶은 것이다.

그가 없이 살아야 한다면, 나에게는 그 무엇도 기쁨이 되지 못한다. 내가 덕을 행하는 것도 모두 그의 마음에 들기 위해서이다.

그런데도 그의 곁에 있으면 나의 덕성이 스러져 가는 것만 같다.

나는 피아노 연습하는 것을 좋아한다. 매일 조금씩 진전하는 나 자신을 발견할 수 있기 때문이다.

또한 그것은 내가 외국어로 된 책을 읽을 때 맛보는 즐거움을 설명해 주는 것이기도 하다. 그렇다고 해서 외국어가 더 좋다든가 내가 좋아하는 몇몇 작가들이 외국 작가들만 못하다는 것은 아니다.

단지 그 뜻과 감정을 이해하기가 좀 어렵지만, 그 어려움을 외국어 책을 읽음으로써 차츰차츰 극복해 나갈 수 있다는 데서 느끼는 무의식적인 만족감이 나를 충만케 한다는 것이다.

지적 충족감뿐 아니라 알지 못할 영적 기쁨까지 더해 주는 것이 확실하니까……. 그리고 이제 나는 그러한 영적 만족 없이는 살아가지 못할 것 같다.

지금 아무리 행복하다 하더라도, 나는 진보 없는 상태에 놓이는 것을 원하지 않는다.

최선의 기쁨이란 하느님 안에서의 융합이 아니라, 끊임없이 주님께 가까이 가는 노력이라고 생각하기 때문이다.

만일 언어의 유희를 두려워하지 않는다면, 진보하지 않는 기쁨 따위는 차라리 경멸하겠다고 말할 것이다.

오늘 아침 우리는 가로수가 있는 길가의 벤치에 앉아 있었다.

우리는 아무 말도 하지 않았고, 또 할 필요도 느끼지 않았다.

갑자기 그가 나에게 내세를 믿느냐고 물었다.

"물론이야, 제롬. 그건 내게 희망 이상의 것이야. 그것은 하나의 확신이지……."

나는 선뜻 큰 소리로 대답했다.

그러나 순간 나의 신앙심이 내가 외친 이 말 속으로 들어가 버린 것처럼 생각되면서, 공허함이 밀려왔다.

"그런데…… 만약 너에게 신앙이 없다면, 네 행동이 달라질까?"

내가 말을 하지 않고 잠시 동안 가만히 있었더니, 그가 덧붙여서 물었다.

"그걸 어떻게 알 수 있겠어? 하지만 너 역시도 너 자신의 생각이 어떻든 간에, 일단 열렬한 신앙심을 갖게 되면 달리 행동할 수 없을 거야. 그리고 만일 달라진다면, 나는 너를 사랑하지 않을 거고……."

나는 이렇게 대답하고 나서, 덧붙여 말했다.

"아니야. 제롬, 아니야. 우리가 덕을 행하는 것은 미래에 보상을 받기 위해서가 아니야. 스스로의 고행에 대해 보상을 바란다는 것은, 고귀하게 태어난 영혼에게는 모욕적인 말이 될 거야. 또한 덕이라는 것도 그러한 영혼을 위한 치장 따위가 아닐 거고……. 그것은 그러한 영혼이 지니는 아름다움의 형식, 바로 그것일 뿐이야."

아버지의 건강이 다시 나빠졌다. 제발 위중한 병이 아니기를 바라지만, 사흘 전부터 우유로만 연명하고 계신다.

어젯밤에 제롬이 자기 방으로 올라간 후, 주무시지 않고 나와 함께 응접실에 앉아 계시던 아버지가 나 혼자만을 남겨두고 잠깐 동안 밖으로 나가셨다.

나는 소파에 앉아 있었다. 앉았다기보다는 오히려 드러누워 있었다는 말이 맞을 것이다. 그것은 평소의 나와는 거리가 먼 일로서, 내가 왜 그런 자세로 있었는지 모르겠다.

내 눈과 내 몸의 상체를 비추고 있는 불빛을 등갓이 가려주었다. 나는 옷에서 비죽이 나와 불빛 아래에 드러나 있는 두 발끝을 무심코 바라보고 있었다.

그때 아버지가 들어오시더니 문 앞에 잠시 서 계셨다. 그리고는 웃는 것 같기도 하고 서글퍼하는 것 같기도 한 이상한 표정으로 나를 뚫어지게 바라보시는 것이었다.

나는 어쩐지 당황스러워져서 몸을 일으켰다.

그러자 아버지가 손짓을 하며 말씀하셨다.

"이리 와서 내 옆에 앉아라."

아버지는 밤이 꽤 깊었는데도 주무시러 들어가려 하시지 않고, 어머니에 관한 이야기를 하시기 시작했다. 두 분이 헤어지신 이래 한번도 말씀하신 적이 없는 이야기였다.

아버지와 어머니가 어떻게 해서 결혼하시게 되었는지, 얼마나 어머니를 사랑하셨는지, 또 처음에 어머니가 아버지에게 얼마나 귀중한 존재였던가 하는 이야기를 들려 주셨다.

"아버지, 왜 오늘 밤에 그런 이야기를 하세요? 하필 오늘 밤에……."

나는 참다못해 마침내 말을 하고 말았다.

"그건…… 방금 응접실로 들어설 때 소파 위에 누워 있는 너를 보았는데, 잠깐 동안이지만 마치 네 어미를 보는 것 같은 느낌이 들었단다."

내가 아버지께 그처럼 캐묻듯이 물어본 이유는 그날 저녁에 있었던 일 때문이었다.

내가 앉은 안락의자에 기대어 서 있던 제롬이 내게 몸을 굽히더니, 내가 읽던 책을 나의 어깨너머로 함께 읽었다.

나는 그의 모습을 볼 수 없었지만 그 숨결이 느껴졌고, 그의 체온과 떨림까지 생생하게 전해져 왔다.

나는 아무렇지 않은 듯이 책을 읽는 척했지만, 이미 아무것도 머리에 들어오지 않았다. 더 이상 글줄조차 구별할 수가 없을 지경이었다.

나는 너무도 이상한 심적 동요에 사로잡혔기 때문에, 아직 일어날 힘이 남아 있을 때 서둘러서 일어서야 한다고 생각했다.

다행히도 그가 눈치채지 못한 것 같기에, 나는 슬그머니 밖으로 나왔다.

그리고 나는 아무도 없는 응접실의 소파에 누워 있었다. 아버지가 나에게서 어머니 모습을 발견하셨다는 바로 그 소파에 누워 있었는데, 그때 나는 정말로 어머니 생각을 하고 있었다.

회한처럼 떠오르는 지난날의 추억에 사로잡혀 불안에 짓눌

려서인지, 그날 밤 나는 마음이 몹시 비참해져서 잠을 거의 이룰 수가 없었던 것이다.

주여, 악의 형상을 띤 모든 것을 혐오하며 멀리할 수 있도록 이끌어 주시옵소서.

가엾은 제롬! 그가 약간의 몸짓만 하는 것으로도 충분하다는 것을, 그리고 때로는 내가 그것을 기다리고 있다는 것을 그가 알기만 해도…….

나는 어렸을 때부터 그가 있었기 때문에 아름다워지고 싶었다. 지금에 와서 생각해 보면, 내가 '완전'을 지향했던 것도 오직 그를 위해서였다.

그런데 그 완전함은 반드시 그가 없어야만 이루어질 수 있다는 것…….

오오, 주여! 바로 그것이 당신의 모든 가르침 중에서 저의 영혼을 가장 당황케 하는 것이옵니다.

덕과 사랑이 융합되는 영혼을 지닐 수 있다면, 그것은 얼마나 행복한 일일까! 사랑한다는 것, 끊임없이 더욱 사랑하는 것 외에 또 다른 덕이라는 것이 있을까……? 나는 때때로 의심해 본다.

하지만 어떤 날에는, 덕이란 사랑에 대한 항거 이외에 다른 것일 수 없다고 생각되기도 한다.

그럴 수가 있을까? 내 마음의 자연스러운 기울어짐을 감히 사랑이라 부를 수 있는 것일까?

오오, 사람을 매혹시키는 궤변! 허울 좋은 권유! 종잡을 수 없게 변덕스러운 행복의 환영이여!

오늘 아침 라 브리에르(17세기의 작가. 〈성격론〉의 저자)가 쓴 책을 읽다가 다음과 같은 구절을 발견했다.

'인생의 행로에서 때때로 ─ 금지되어 있지만, 허용되었으면 하고 바라는 것이 너무도 당연한 ─ 지극히 즐거운 쾌락과 흐뭇한 유혹과 부딪치곤 한다. 이처럼 큰 매력은, 덕행으로써 그것을 포기하지 않는다면 도무지 물리칠 수 없는 것이다.'

그런데 나는 왜 이 구절에서 변명을 찾아내려 했던가? 사랑의 매력보다도 더욱 세차고 감미로운 유혹이 나를 은근히 이끌고 있기 때문일까?

오오! 사랑의 힘으로 우리 두 사람의 영혼을 사랑 저 너머로 한꺼번에 이끌어 갈 수만 있다면……!

아아! 슬픈 일인지만, 이제는 그것을 너무나 잘 깨닫고 있다. 하느님과 제롬 사이에 '나' 외에는 아무런 장애가 없다는 것을…….

아마도 그가 말하는 것처럼…… 처음에는 나에 대한 사랑으로 인해 그의 마음이 하느님께로 향했다 하더라도, 이제는 바로 그 사랑이 그를 가로막고 있는 것이다.

그는 나 때문에 머뭇거리면서, 나를 사랑하는 데만 치우쳐 있다. 나는 그가 덕을 향해 앞으로 나가는 것을 가로막는 우상이 되고 만 것이다.

하지만 우리 둘 중에 한 사람만이라도 완전함에 도달해야 한다.

주여! 비루한 저의 마음은 이 사랑을 뛰어넘지 못해 절망하고 있으니…… 오, 주여! 이제는 그가 저를 사랑하지 않도록 그에게 힘을 허락해 주옵소서. 그러 하오면 저의 하잘것없는 가치에 비해 무한히 훌륭한 그의 미덕을 당신에게 바칠 것이오니…….

그리고 오늘 그를 잃고 제 영혼이 흐느껴 운다 해도, 그것은 장차 당신의 품에서 그를 다시 찾으려 함이 아니오니까?

오, 주여! 말씀해 주옵소서! 어느 영혼이 그의 영혼보다 더 당신에게 어울린 적이 있사옵니까? 그는 저를 사랑하기 위해서보다는 좀 더 훌륭한 일을 하기 위하여 태어난 것이 아니옵니까?

그러니 그가 저로 인해 멈추게 된다면, 저는 그만큼 더 그를 사랑하게 될 것이 아니옵니까?

영웅적일 수 있는 모든 것이 행복 안에서는 얼마나 위축되어 버리는 것이온지요!

일요일

'하느님께서는 우리를 위하여 더 좋은 것을 내다보셨기 때문에…….' (히브리서 11, 40)

5월 3일 월요일

행복이 여기, 아주 가까이 있으니…….

손을 내밀기만 하면 잡을 수 있을 텐데…….

오늘 아침에 그와 이야기하면서, 나는 마침내 희생을 성취했다.

월요일 저녁

그가 내일 떠난다…….

사랑하는 제롬, 나는 언제나 끝없는 애정으로써 너를 사랑하고 있다. 하지만 이제는 너에게 그런 말을 하지 못할 것이다.

내가 내 눈과 입술과 영혼에 가하는 구속이 너무도 힘겹기에, 너와 헤어진다는 것은 오히려 내게 해방이며 쓰디쓴 만족이라 여겨질지도 모른다.

나는 이성적으로 행동하려고 노력하지만, 막상 행동으로 옮겨야 하는 순간이 오면 나를 움직이게 하던 이성이 나를 저버리기 일쑤다. 그렇지 않으면 어리석음으로 다가오거나…….

그리하여 나는 그것을 믿을 수 없게 되었다.

내가 그를 피하는 이유?

이제는 그러한 이유 따위는 있을 수도 없다. 하지만 서글픈 마음으로, 나는 그를 피하고 있다. 내가 왜 피해야 하는지 이유도 알지 못하면서……

주여! 제롬과 제가 손을 맞잡고 서로 의지하면서 당신에게로 나아가게 도와주시옵소서.

마치 두 사람의 순례자처럼 — 때때로 한 사람이 "피곤하면 내게 기대." 하고 말하면, 다른 한 사람이 "네가 곁에 있는 것을 느끼는 것만으로 충분해."라고 대답하면서 — 일평생 당신을 향해 나아가도록 이끌어 주시옵소서.

아니옵니다! 주여, 당신께서 우리에게 가르쳐 주시는 길은 좁은 길이옵니다.

그 길은 너무 좁아서, 둘이서 나란히 걸을 수가 없사옵니다.

7월 4일

6주일 이상이나 일기를 펼치지 않았다.

지난달의 일기 몇 장을 다시 읽어 보다가, 나는 좋은 문장을 쓰려고 애를 쓴 나의 허세를 대뜸 느낄 수 있었다.

이것도 순전히 그의 탓이다.

그가 없이도 혼자 살아 나갈 수 있도록 힘을 얻기 위해 쓰기 시작한 일기인데도, 마치 계속해서 그에게 편지를 쓰고 있는 것만 같다.

　문장이 잘 써졌다고 생각되는 부분은 모두 찢어 버렸다.
— 그런 행동이 무엇을 의미하는지 나는 잘 알고 있다.

　그에 관한 부분은 전부 찢어 버렸어야 했을 것이다. 한 장도
남김없이 모두……. 하지만 나는 그러지 못했다.

　그런데 몇 장을 찢어 버렸다는 것만으로도, 벌써 자부심
비슷한 것을 느끼고 있다. 내 마음이 이토록 병들지 않았다면
코웃음치고 말았을 그런 자부심을…….

　참으로 장한 일을 해낸 것 같고, 뜯어내 버린 그 몇 장에
대단히 중요한 무엇이 들어 있는 것처럼 느끼고 있다…….

7월 6일

　책장에서 그의 책들을 추방해 버려야만 한다…….

　이 책에서, 저 책에서…… 나는 그를 피해 달아났지만, 어느
책에서건 그를 다시 만나게 된다.

　나 혼자 펴 보는 페이지에서조차 그 구절을 읽어 주던 그의
목소리가 들리는 것만 같다.

　그가 흥미를 느끼는 것이 아니라면 나도 별로 관심을 보이

지 않았다. 나의 생각마저도 그와 닮아 버려…… 지난날 우리 둘의 생각이 같다는 것을 기꺼워하던 때와 마찬가지로, 지금도 어떤 것이 그의 생각이고 어떤 것이 나의 생각인지 분간이 되지 않는다.

때로는 그의 문체에서 벗어나 보려고 일부러 악문을 쓰려고 애써 보기까지 한다. 그러나 그에게 대항해서 싸운다는 것은 오히려 그에게 몰두하는 것과 다름없지 않은가…….

그리하여 얼마 동안은 성경만을 읽고, ― 간혹 〈그리스도의 모방〉과 함께 ― 그 외에는 아무것도 읽지 않겠다고 결심해 본다.

이 일기장에는 읽은 것 중에서 가장 마음에 와 닿는 구절 하나씩을 매일 적을 생각이다.

7월 1일부터 시작되는 하루하루의 날짜에는 성경에서 인용한 구절에다 무엇인가를 덧붙인 ― 일종의 '나날의 양식' ― 발췌구가 하나씩 덧붙여 있었다.

여기서는 주석이 붙은 부분만을 옮겨 쓴다.

7월 20일

"너에게 아직 모자란 것이 하나 있다. 가진 것을 다 팔아 가난한 이들에게 나누어 주어라. 그러면 네가 하늘에서 보물을 차지하게 될 것이다. 그리고 와서 나를 따라라." (루카복음 18, 22).

오직 제롬만을 생각하고 있는 나의 마음을 가난한 사람들에게 주어야 한다는 것을 알게 되었다.

그리고 이것은 나만이 아니라 제롬에게도 그렇게 하기를 권해야 하는 것이 아닐까…….

주여, 제게 그러한 용기를 주시옵소서.

7월 24일

나는 〈내적 위안〉을 읽다가 중단했다.

그 옛글은 무척 재미있었지만, 한편으론 마음을 흐트러지게 하는 무엇이 있었다.

그리고 거기서 맛보는 이교도적인 즐거움은 내가 추구하는 것과 방향이 너무나 달랐다.

〈그리스도의 모방〉을 다시 읽기 시작했다.

이것 역시 이해하기 힘든 라틴어 원서로는 읽지 않기로 했다.

내가 택한 번역본에 서명이 없는 것이 마음에 든다. 신교의 어느 파에서 번역한 것임에 틀림없지만, 표제에는 '모든 기독교 단체에 적합함'이라고 적혀 있다.

'오! 그대가 덕을 향해 나아갈 때 어떤 평안을 얻을 것이며 어떤 기쁨을 다른 사람에게 주게 될 것인지를 안다면, 그대는 더욱 마음을 기울여 거기에 매진할 것임을 나는 믿느니라.'

8월 10일

주여! 제가 당신을 향해 어린애 같은 신앙심의 충동으로, 그리고 천사와 같은 초인간적인 목소리로 외칠 때⋯⋯ 저는 아옵니다.

이 모든 것이 제롬에게서 오는 것이 아니라, 당신에게서 오는 것임을⋯⋯.

그런데 어디서나 당신과 저 사이에 그의 모습을 두심은 어찌 된 일이옵니까?

8월 14일

이 일을 완수하는 데는 앞으로 두 달…….

오오, 주여! 저를 도와주시옵소서.

8월 20일

나는 분명히 느끼고 있다. 아직도 내 마음속에서 희생이 이루어지지 않았다는 것을…….

내 슬픔으로 미루어, 나는 그것을 느끼고 있다.

주여! 지금까지는 오직 그만이 내게 일깨워 주던 이 기쁨을, 이제는 오로지 당신을 통해서만 얻게 해 주시옵소서.

8월 28일

나는 얼마나 속되고 하잘것없는 덕에 이르렀는가!

내가 나 자신에게 너무 지나친 요구를 하고 있는 것은 아닐까? 이제는 더 이상 그러한 것을 용서할 수 없다.

언제나 하느님께 '힘을 주시옵소서.' 하고 애원을 하다니, 얼마나 비겁한 일인가!

나의 모든 기도는 온통 하소연에 지나지 않을 뿐이다.

8월 29일

"그리고 나리꽃들이 어떻게 자라는지 살펴보아라. 그것들은 애쓰지도 않고 길쌈도 하지 않는다. 그러나 내가 너희에게 말한다. 솔로몬도 그 온갖 영화 속에서 이 꽃 하나만큼 차려입지 못하였다." (루카복음 12, 27)

이처럼 소박한 말씀이…… 무엇으로도 돌이키지 못하는 내 마음을 비탄 속에 잠기게 했다.

나는 들판으로 나갔지만, 나도 모르게 되풀이하고 있던 이 말씀이 내 마음과 두 눈을 눈물로 가득 채웠다.

나는 농부가 허리를 굽혀 쟁기질을 하고 있는 끝없는 들판을 무심코 바라보고 있었다.

하지만 주여, 그 나리꽃들은 어디에 있사옵니까?

9월 16일 밤 10시

다시 그를 만났다.

그는 여기…… 나와 같은 지붕 밑에 있다.

그의 방 창문에서 흘러나오는 불빛이 잔디밭을 스미듯이 비추고 있다.

내가 몇 줄 적고 있는 이 순간에도 그는 잠들지 않고 있다. 아마도 나를 생각하고 있을지도 모른다.

그는 전혀 변하지 않았다. 그도 그렇게 말했고, 나도 그렇게 느껴졌다.

그의 사랑이 나를 단념하도록 하기 위해, 내가 결심한 그대로의 모습을 그에게 보일 수 있을까……?

9월 24일

오! 내 속에서는 까무러칠 것처럼 숨 가쁘게 헐떡이고 있는데, 끝내 무관심과 냉담을 가장하며 나눴던 잔인한 대화…….

지금까지는 그를 피한다는 것만으로 만족하고 있었다.

오늘 아침에 나는 하느님께서 내게 이겨 낼 힘을 주시리라 생각했고, 싸움을 피하는 것은 비겁한 것이라고도 생각했다.

나는 과연 승리를 했던가? 제롬은 전보다 나를 덜 사랑하게 되었는가?

아아! 이것은 내가 바라면서도 동시에 두려워하는 것이다. 지금보다 더 그를 사랑해 본 적은 결코 없으니까…….

하지만 주여, 제게서 그를 구해 내시기 위해 저의 희생이 필요하시다면 뜻대로 하시옵소서!

'저의 마음과 영혼 안에 들어오셔서 저의 고난을 짊어지시고, 당신의 수난에서 아직도 남아 있는 고통을 저의 속에서 계속 감당하옵소서.'

우리는 파스칼에 대해서 이야기했다.

하지만 내가 그에게 무엇을 말할 수 있겠는가? 얼마나 부끄럽고 터무니없는 이야기를 했단 말인가!

그런 말을 하면서도 괴로웠지만, 오늘 밤은 그런 말이 모두 하느님에 대한 모독인 것처럼 생각되어 뉘우치고 있다.

묵직한 〈팡세〉를 다시 뽑아 들었다.

저절로 펼쳐진 곳은, 드로아네 양(드로아네 공작의 누이로, 파스칼의 애인)에게 보내는 편지 중의 한 구절이다.

'이끄는 이를 스스로 따를 때는 속박이 느껴지지 않습니다. 그러나 항거하기 시작하고 홀로 떨어져 걷기 시작하면 몹시 괴로워지는 것입니다.'

이 말이 너무나 내 가슴을 날카롭게 찔렀기 때문에 더 이상 읽어 나갈 기력이 없어졌다.

그러나 이 책의 다른 곳을 펼치면서 나는 아직까지 읽어 보지 못한 훌륭한 구절을 발견했다. 그래서 그것을 이제 막 베껴 두었다.

일기의 첫 부분은 여기에서 끝나 있었다.

그다음 부분은 아마 찢어 버린 모양이다.

왜냐하면 알리사가 남긴 서류에는, 그로부터 3년 후인 퐁그즈마르에서의 9월, 즉 우리가 마지막으로 만나기 조금 전부터 이 일기가 다시 계속되고 있었기 때문이다.

이 마지막 일기는 다음과 같은 구절로 시작되고 있다.

9월 17일

주여! 제가 당신을 사랑하기 위해서는 그를 필요로 하고 있다는 것을, 당신은 잘 아시옵니다.

9월 20일

주여, 그를 제게 주시옵소서.

그러면 이 마음을 당신께 바치겠나이다.

주여, 한 번만 더 그를 만나게 해 주시옵소서.

주여, 이 마음을 당신께 드리기로 약속하옵니다.

그러하오니 저의 사랑이 당신께 청하는 것을 허락해 주시옵소서.

저의 남은 목숨을 당신께 기꺼이 바치겠나이다.

주여, 저의 이 비루한 기도를 용서해 주시옵소서.

그러나 저는 제 입술에서 그의 이름을 지울 수도 없으며, 제 마음속의 고통을 잊어버리지도 못하겠나이다.

주여, 당신께 간구하옵니다.

슬픔에 잠겨 있는 저를 버리지 마시옵소서.

9월 21일

"너희가 내 이름으로 청하는 것은 무엇이든지 내가 다 이루어 주겠다. 그리하여 아버지께서 아들을 통하여 영광스럽게 되시도록 하겠다."(요한복음 14, 13)

주여, 당신의 이름으로 제가 어떻게 감히……

그러하오나…… 비록 제가 소리 내어 기도를 드리지는 않는다 하더라도, 당신은 이 마음에서 타오르는 소원을 아실 줄 아옵니다.

9월 27일

오늘 아침에는 마음이 무척 평온하다. 어젯밤은 묵상과 기도로 거의 지새웠다.

그런데 갑자기 어린 시절에 성령에 대해서 그려 보던 상상과 비슷한 광채가, 찬란한 빛의 평온이 나를 둘러싸면서 나에게로 내려오는 것 같았다.

나는 이 기쁨이 신경의 흥분에서 오는 일시적인 것이 아닐까 두려워서 얼른 잠자리에 들었다. 이 크나큰 행복감이 사라지기 전에 잠들 수 있었다.

오늘 아침에도 이 행복감은 그대로 남아 있다.

이제는 그가 올 것이라는 확신을 갖게 되었다.

9월 30일

제롬! 나의 벗, 아직 동생이라고 부르지만…… 동생을 사랑하는 것보다 훨씬 더 사랑하는 너…….

그 너도밤나무 숲에서 내가 얼마나 너의 이름을 소리쳐 불렀는지……. 저녁때마다 해가 질 무렵이면 나는 채소밭의 작은 문을 나서서 이미 어둠이 깃든 가로수 길을 내려

간다.

갑자기 너의 대답 소리가 들리고, 돌이 많은 언덕 위에서 재빨리 지나치는 너의 모습이 나타난다 하더라도, 또는 벤치 위에서 나를 기다리고 있는 너의 그림자가 멀리서 보인다 할지라도 내 가슴은 놀라 뛰지 않을 거야.

오히려 네 모습이 보이지 않아서 놀라겠지…….

10월 1일

아직도 아무 소식이 없다. 태양은 비할 데 없이 맑은 하늘에서 저물어 갔다.

나는 기다리고 있다. 나는 곧 이 벤치에 그와 함께 나란히 앉게 되리라는 것을 알고 있다.

벌써부터 그의 음성이 들리는 것 같다. 나는 그가 내 이름을 부르는 걸 듣는 것이 너무 좋다.

그는 여기에 올 것이다. 나는 그의 손 안에 내 손을 맡기리라. 그리고 나의 이마를 그의 어깨 위에 기댈 것이다. 이제 나는 그의 곁에서 숨을 쉬게 될 것이다.

어제도 그가 보낸 편지를 다시 읽어 보려고 몇 장 가지고 나왔었다. 그러나 내 마음은 온통 그의 생각으로 가득 차 있어서 편지를 읽지 못했다.

그리고 또 그가 좋아하던 그 자수정 십자가 목걸이, 지나간 어느 여름날…… 그가 떠나지 않기를 바라는 동안 저녁마다 목에 걸고 있기로 했던 그 목걸이도 가지고 나왔었다.

아 십자가 목걸이를 그에게 주고 싶다. 내가 이런 꿈을 꾼 건 이미 오래전부터다.

그가 결혼을 하면 나는 그의 첫딸인 작은 알리사의 대모가 되어, 이 십자가 목걸이를 그 아이에게 주어 지니게 하리라…….

그런데 왜 나는 이런 말을 한번도 그에게 하지 못했을까……?

10월 2일

오늘 내 영혼은 하늘에 둥지를 튼 새처럼 가볍고 즐겁다.

오늘 분명히 그가 올 것이다. 나는 그것이 느껴지기도 하고, 또한 그러리라는 것을 알고 있다.

모든 사람에게 그것을 외치고 싶다. 여기에라도 그것을 적지 않고는 견딜 수 없을 것 같다.

나의 기쁨을 결코 숨기고 싶지 않다.

평소에는 그처럼 나에게 무관심한 로베르조차도 무엇인가를 알아챈 듯 자꾸만 캐묻는다.

하지만 그가 묻는 말에 나는 당황했고, 또 무엇이라 대답해야 할지 몰라 무척 난처해했다.

저녁까지 어떻게 기다릴까……?

어느 곳을 보아도…… 알 수 없는 투명한 띠 같은 것이 큼직하게 확대되어 그의 모습을 비추어 주고, 사랑의 모든 빛이 내 마음속 단 하나의 초점 위에 집중되고 있다.

오! 기다림이란 사람을 이토록 지치게 하는 것인가……!

주여, 행복의 그 넓은 문을 잠시 동안만이라도 열어 주시어 저에게 엿볼 수 있도록 허락해 주시옵소서!

10월 3일

모든 것이 사라져 버렸다.

아아! 그는 마치 그림자처럼 나의 두 팔에서 빠져나갔다.

바로 여기에, 여기에 그가 있었다.

아직도 나는 그를 느끼고 있다.

나는 그를 부르고 있다.

내 손, 내 입술이 어둠 속에서 그를 찾고 있다. 헛되이……

나는 기도할 수도 없고, 잠들 수도 없다.

다시 어두운 정원으로 나갔다. 내 방에서나 집안 어디에서나 나는 그저 무섭기만 하다.

슬픈 마음을 못 이겨, 나는 그를 남겨 두고 돌아와 버린 문까지 다시 갔다. 어리석은 희망을 품고 그 문을 열어 보았다.

그가 돌아와 있었으면!

나는 그를 부르면서, 어둠 속을 더듬어 보았다.

그에게 편지를 쓰려고 집으로 돌아왔다.

그를 잃는다는 것을 나는 도무지 받아들일 수가 없다.

그런데 도대체 무슨 일이 있었던가?

그에게 무슨 말을 했던가?

나는 무슨 짓을 했던가?

무엇 때문에, 나는 그의 앞에서 나의 덕을 과장하려 하는 것일까?

나의 온 마음이 부정하는 덕이란 것이 도대체 무슨 가치가 있단 말인가?

하느님이 나의 입술에서 나오게 하신 말씀을, 나는 몰래 배반하고 있었다. 내 마음속에 언제나 가득 차 있던 것은 하나도 이야기하지 못했다.

제롬, 제롬! 곁에 있으면 내 가슴이 찢어질 것만 같고, 멀리 떨어져 있으면 이 목숨이 죽어가는 것 같은 나의 애달픈 벗이여!

내가 이야기한 모든 말 중에서 내 사랑을 이야기하던 것 외에는 아무것도 곧이듣지 말아 줘.

편지를 썼다가 찢어 버렸다. 그리고는 다시 썼다.

벌써 새벽이다.

내 마음처럼 슬프고, 눈물에 흠뻑 젖은 잿빛의 새벽……

농장에서 일을 시작하는 소리가 들리고, 잠들었던 모든 것이 깨어나 다시 활기를 띠기 시작한다.

'이제는 일어나라. 때가 왔느니라.'

편지는 부치지 않을 것이다.

10월 5일

저에게서 그를 앗아가 버리신, 질투심 많은 하느님!

이제는 저의 마음을 모두 가져가시옵소서.

이제는 어떠한 열정도 이 마음을 스쳐서 그냥 지나갈 뿐이며, 그 어느 것이라 할지라도 다시는 이 마음을 움직이지 못할 것입니다.

그러하오니 아직도 제 마음에 남아 있는 슬픔의 찌꺼기를 이겨 낼 수 있도록 도와주시옵소서.

그런데 이 집, 이 정원이 자꾸만 제 사랑을 부추기며 견딜 수 없게 합니다.

오직 당신만을 볼 수 있는 곳으로 달아나고 싶습니다.

제가 가지고 있는 재산은 가난한 사람을 위해 쓸 수 있도록 도와주시옵소서.

제가 쉽사리 팔 수 없는 퐁그즈마르의 이 집만은 로베르에게 남겨 주는 것을 허락하여 주시옵소서.

유언장은 썼지만, 그것의 집행을 위해 필요한 절차는 거의 아무것도 모른다.

그리고 어제 공증인을 만났는데, 그가 내 결심을 눈치채고 줄리엣이나 로베르에게 알릴까 봐 두려워서 충분히 이야기하지 못했다.

나머지 미진한 일은 파리에 가서 끝내야겠다.

10월 10일

이곳에 도착하자 너무나 피곤해서, 처음 이틀간은 꼼짝 못하고 누워 지냈다.

내가 싫다는데도 의사를 불러왔는데, 꼭 수술을 해야 한다고 말했다. 하지만 반대한들 무슨 소용이 있겠는가.

그러나 나는 수술하는 것이 겁나고, 기운이 좀 회복될 때까지 기다리는 것이 좋을 것 같다는 얘기를 간곡하게 하여 의사를 납득시켰다.

이름이나 주소 따위도 숨길 수 있었다. 나를 이곳에 받아들이고, 또 하느님께서 필요하다고 여기시는 동안 머물 수 있도록 요양원 사무실에 충분한 돈을 맡겨 놓았다.

방도 마음에 든다. 깨끗하다는 것만으로도 벽의 장식은 충분했다.

나 자신이 스스로 기쁨마저 느끼고 있다는 데 놀랐다. 이제 더 이상 삶에 대한 애착이 없기 때문이다.

이제는 하느님만으로 만족해야 한다. 우리가 온 마음을 기울일 때 하느님의 사랑을 차지하며, 비로소 기쁨을 느끼게 될 것이다.

성경 외에는 아무 책도 가져오지 않았다.

하지만 오늘은 그 안에 적혀 있는 말씀보다도 파스칼의 그 열광적인 흐느낌 소리가 더 강하게 내 마음속에서 메아리치고 있다.

'하느님이 아니라면 그 어떤 것도 나의 기대를 채워 줄 수 없다.'

오, 경솔한 내 마음이 바랐던 것은 너무나도 인간적인 기쁨이었다…….

주여! 이 외침을 듣기 위해, 당신은 나를 절망 속에 빠뜨리셨나이까?

10월 12일

하느님의 다스림이 저에게 임하시옵기를! 그리하여 오직

당신만이 저를 다스리시옵기를!

이제는 제 마음을 두고 더 이상 당신과 어떤 거래도 하지 않고, 이 마음을 송두리째 바치겠나이다.

몹시 늙어 버린 것처럼 지쳐 있으면서도, 내 영혼은 이상할 정도로 맑은 동심을 간직하고 있는 듯하다.

아직도 나는 방 안의 모든 것이 잘 정돈되고 머리맡에 벗어 둔 옷이 잘 개어 있지 않으면 잠들 수 없었던, 지난날의 어린 소녀인 것만 같다.

나는 세상을 떠날 준비도 이렇게 하고 싶다.

10월 13일

일기를 없애기로 마음먹은 다음, 찢어 버리기 전에 다시 한 번 읽었다.

'자기가 느끼는 괴로움을 털어놓는 것은 위대한 영혼을 지닌 사람에게는 온당치 못한 것이다.'

이 아름다운 말은 클로틸드 드 보(실증주의 사상가 오귀스트 콩트의 애인인 젊은 미망인)가 한 것이라고 생각된다.

이 일기를 불 속에 던지려는 순간, 어떤 경고 같은 것이 나의 행동을 가로막았다.

이 일기는 이미 내 것이 아닌 것처럼 생각되었다.

그것을 제롬에게서 빼앗을 권리가 내게는 이미 없지 않은가…… . 또한 나는 그를 위해서만 이것을 썼다는 것을 보다 확실하게 느꼈다.

나를 사로잡았던 불안이나 근심도 이제 와서는 너무도 어리석은 것으로 생각되었다. 때문에 거기에 아무런 중요성도 가질 수 없게 되었고, 제롬이 그것을 읽는다 한들 그 때문에 그의 마음이 동요하리라고도 생각되지 않는다.

주여! 저 자신은 이미 도달할 수 없어 스스로 포기해 버린 덕의 절정에 그 사람만이라도 밀어 올리려고 미친 듯이 바랐던 이 영혼의 서툰 시도를, 그가 이 일기장 속에서 때로 찾아볼 수 있도록 해 주시옵소서.

'제게 당신의 귀를 기울이시고 어서 저를 구하소서. 이 몸 보호할 반석 되시고 저를 구원할 성채 되소서.

당신은 저의 바위, 저의 성채이시니 당신 이름 생각하시어 저를 이끌고 인도하소서.' (시편 31, 3~4)

10월 15일

'기쁨, 기쁨, 기쁨, 기쁨의 눈물······.' (파스칼이 개종 후 옷속에 꿰매어 넣고 다녔다는 기도문)

인간적인 기쁨과 모든 고통을 초월한 곳에서······.

그렇다! 나는 그 찬란한 기쁨을 예감하고 있다.

내가 다다르지 못한 그 반석의 이름이 '행복'이라는 것을 나는 안다.

행복에 도달하기 위한 것이 아니라면, 나의 모든 삶이 헛된 것이라는 사실을 잘 알고 있다.

아, 주여! 그러하오나 당신께서는 자기 자신을 버린 정결한 영혼에게만 그 행복을 약속하셨습니다.

당신의 성스러운 말씀은 이렇게 이어집니다.

'주 안에서 죽는 자는 지금부터 행복하리라.'

죽음에 이를 때까지 저는 기다려야 하옵니까?

여기에서 저의 믿음이 흔들리옵니다.

주여, 온 힘을 다해 당신께 부르짖사옵니다.

저는 어둠 속에서 새벽을 기다리고 있사옵니다.

이 목숨이 다하도록 당신을 향해 부르짖고 있나이다.

제 마음의 갈증을 풀어 주시옵소서. 저는 그 행복에 목말라 하고 있사옵니다.

아니면 저는 그 행복을 가졌다고 생각해야 되는 것이옵니까?

새벽이 오기 전에 날이 밝아 오는 것을 알리기보다, 차라리 애타는 마음으로 날이 밝기를 기다리는 안타까운 새처럼, 저는 밤이 새기를 기다리지도 않고 노래를 불러야 하옵니까?

10월 16일

제롬, 나는 네게 완전한 기쁨을 가르쳐 주고 싶어.

오늘 아침에는 심한 구토로 온몸이 부서지는 것 같았다.

그 직후에 너무도 심신이 약해지는 것 같아서 잠시 동안은 죽고 싶은 생각이 들었다.

아니, 그런 것이 아니라 처음엔 온몸에 아주 조용한 평온이 깃들었다. 그리고는 심한 고통, 육체와 영혼의 전율이 나를 사로잡았다.

그것은 내 삶에 대한 돌연하고도 명료한 계시와도 같은 것이었다.

이 방의 벽이 보기 흉하게 노출되어 있는 것을 처음으로 보는 것 같은 느낌이었다.

나는 겁이 났다. 지금도 마음을 안정시키고 가라앉히기 위해 이렇게 글을 쓰고 있는 것이다.

오, 주여! 당신을 모독함 없이 종말에 이르도록 하여 도와주시옵소서.

나는 아직 일어날 수 있다.

나는 어린애처럼 무릎을 꿇었다…….

지금 나는 세상을 떠나고 싶다.

또다시 자신이 홀로라는 것을 깨닫기 전에…….

8

　지난해에 나는 줄리엣을 다시 만났다.

　알리사의 죽음을 전해 준 그녀의 마지막 편지를 받은 뒤로
10년 이상의 세월이 흘러갔다.

　나는 프로방스 지방에 여행을 갔던 길에 잠시 님므에 들렀
다. 소란한 도시 중심지인 프쉐르 거리에 위치한 테시에르
댁은 퍽 훌륭해 보였다.

　이미 방문하겠다고 편지로 알렸지만, 막상 문턱을 넘을 때
에는 적지 않게 가슴이 설레었다.

　하녀의 안내로 응접실에 올라가 있자, 잠시 후에 줄리엣이
들어왔다.

　마치 플랑티에 이모를 보는 것 같은 느낌이었다. 걸음걸이

며 몸의 맵시, 그리고 반가워서 어쩔 줄 몰라하는 모습까지
판에 박은 듯했다.

그녀는 나를 보자마자 질문을 퍼부어 댔다.

나의 대답은 기다리지도 않고서 그간 어떻게 지냈느냐, 무
슨 일을 하느냐, 대인관계는 어떠냐, 남프랑스에는 무슨 일로
왔느냐, 왜 에그비브에는 가지 않느냐, 그곳에 가면 에두아르
가 무척 반가와 할 텐데 등등……

그리고는 자기 남편, 어린애들, 자기 동생, 추수 이야기, 그
리고 불경기 등에 관해서 쉬지 않고 이야기를 했다.

로베르는 퐁그즈마르 집을 팔고 에그비브에 와서 살고 있
으며, 에두아르와 동업을 하면서 묘목을 개량하고 농장을 확
장하고 있다고 했다. 그래서 에두아르는 자유롭게 여행도 하
면서 사업에 전념할 수 있다고 한다.

나는 줄리엣의 이야기를 들으면서, 과거를 회상시켜 줄 어
떤 것이 있지 않을까 하고 다소 불안한 마음으로 주위를 살펴
보았다.

나는 응접실의 새로운 가구 사이에 퐁그즈마르의 집에 있
던 가구가 몇 개 끼어 있는 것을 쉽게 알아보았다.

그러나 줄리엣은 내 마음속에서 떠오르는 과거를 모르고 있거나, 아니면 일부러 거기에 신경 쓰지 않게 하려고 애쓰고 있는 것 같았다.

열두서너 살짜리 사내아이 둘이 계단에서 놀고 있었다. 그녀는 내게 인사시키려고 그 아이들을 불렀다.

맏딸인 리즈는 제 아버지를 따라 에그비브에 가고 없었고, 산책 나간 열 살짜리 사내아이도 곧 돌아올 것이라고 했다. 줄리엣이 알리사의 죽음을 알리면서, 곧 낳게 되리라던 아이가 바로 그 사내아이였다. 그 아이를 낳을 때 난산이어서, 그로 인해 줄리엣이 오랫동안 고생했다고 한다.

그리고 지난해, 그녀는 또 딸을 낳았다. 그런데 말하는 걸 들어 보니 다른 아이들보다 이 아이를 특히 더 귀여워하는 것 같았다.

"내 방에서 그 애가 자고 있는데, 바로 이 옆이에요. 가 보시지 않겠어요?"

줄리엣이 말했다.

그래서 내가 따라가자, 그녀가 덧붙여서 말했다.

"오빠, 편지로는 부탁할 용기가 나질 않았는데…… 이 아이의 대부가 되어 주시지 않겠어요?"

"좋다면야, 그렇게 하지."

나는 약간 놀라면서, 요람을 들여다보며 말했다.

"이름이 뭐지?"

"알리사……. 좀 닮은 것 같지 않아요?"

줄리엣이 나지막한 소리로 대답했다.

나는 대답 없이 줄리엣의 손을 꼭 쥐었다.

제 어머니가 안아 일으키자, 그 작은 알리사가 눈을 반짝 떴다. 나는 그 아이를 받아 안았다.

"오빠는 정말 훌륭한 아빠가 되었을 텐데……."

줄리엣이 애써 웃으면서 말을 이었다.

"언제까지 결혼하지 않을 작정이세요?"

"많은 일들을 잊을 때까지……."

나는 그녀의 얼굴이 붉어지는 것을 보았다.

"곧 잊어버리고 싶으세요?"

"언제까지나 잊고 싶지 않아."

"이리로 오세요."

그녀는 불쑥 이렇게 말을 하더니, 좀 더 작고 어둠이 깃든 방으로 앞장서 들어갔다.

그 방에는 두 개의 문이 있었는데, 하나는 줄리엣의 방으로 통해 있고 다른 하나는 응접실로 통하게 되어 있었다.

"잠시라도 틈이 있을 때면 이 방에서 쉬곤 해요. 이 집에선 제일 조용한 방이에요. 이곳은 삶의 피난처처럼 느껴져요."

이 작은 방의 창은 다른 방들처럼 거리의 소음이 들리는 곳으로 나 있지 않고, 나무들이 서 있는 안뜰을 향하고 있었다.

"앉으세요."

그녀는 안락의자에 힘없이 앉으면서 말했다.

"내 생각이 틀리지 않다면, 오빠는 언제까지나 언니와의 추억에 충실하려는 거죠?"

나는 한동안 대답 없이 앉아 있었다.

"그렇다기보다는 오히려 알리사가 나에 대해 갖고 있던 생각에 대해서겠지……. 아니, 그렇다고 내가 무슨 칭찬받을 일을 한다고는 생각하지 말아 줘. 그렇게 하는 것 외엔 달리 방법이 없으니까……. 만일 내가 다른 여자와 결혼을 한다 해도, 나는 단지 그 여자를 사랑하는 척밖에는 더 이상 할 수 있는 일이 없을 것 같아."

"아아……!"

그녀는 짐짓 무관심한 척했다. 그리고는 내게서 얼굴을 돌리더니, 잃어버린 물건이라도 찾아내려는 것처럼 마룻바닥을 내려다보고 있었다.

"그렇다면…… 아무런 희망도 없는 사랑이 그처럼 오랫동안 마음속에 간직될 수 있다고 믿는 거예요?"

"그래. 줄리엣……."

"일상적인 생활이 계속된다 해도 그 사랑은 꺼지지 않는다는 건가요?"

"……."

땅거미가 잿빛 밀물처럼 몰려와 물건들을 하나하나 어둠 속에 잠기게 하자, 이러한 물건들이 어둠 속에서 되살아나와 저마다 지난날의 추억을 속삭이는 것 같았다.

줄리엣이 그 모든 가구를 이 방에다 옮겨 놓아, 나는 마치 알리사의 방에 다시 온 듯했다.

줄리엣이 어둠 속에서 다시 내게로 얼굴을 돌렸다. 그러나 이미 얼굴 윤곽을 구별할 수조차 없어서, 그녀가 눈을 감고 있는지 어쩐지도 알 수 없었다.

줄리엣이 몹시 아름답게 느껴졌다.

그리고 우리 두 사람은 한참 동안 아무 말 없이 앉아 있었다.

"자! 이젠 잠에서 깨어나지 않으면 안 돼요⋯⋯."

마침내 그녀가 입을 열었다.

나는 그녀가 일어서는 것을 보았다.

그런데 그녀가 한 걸음 내딛다 말고 맥이 빠진 듯 곁에 있는 의자에 다시 털썩 주저앉는 것이었다.

그녀는 두 손으로 얼굴을 감쌌다.

울고 있는 것 같았다⋯⋯.

그때, 하녀가 램프를 들고 들어왔다.

앙드레 지드 연보

1869년   11월 22일, 프랑스 파리에서 파리 법과대학 교수인 아버
         지와 북프랑스 출신의 독실한 구교도였던 어머니 사이
         에서 태어남.

1877년   파리의 알사스 학원에 입학했다가 휴학. 카르바도스 현
         에 있는 어머니 소유의 농장에서 휴양생활.

1880년   10월, 장결핵으로 아버지 사망.

1889년   대학 입학 자격 획득.

1890년   《앙드레 왈테르의 수기》 완성.

1891년   《앙드레 왈테르의 수기》 익명으로 발표.
         12월, 《나르시스론》 발표.

1894년   북스위스의 라브레뷔느 촌락에서 집필생활.

1895년   5월, 어머니 사망. 10월, 사촌누이인 마들렌느와 결혼
         해 스위스, 이탈리아, 알제리 등지로 신혼여행 다녀옴.
         《팔뤼드》 출간.

1897년   《지상의 양식》 출간.

1899년   《잘못 결박된 프로메테우스》 발표.

1902년   최초의 소설 《배덕자》 출간.

1907년   《탕아의 귀가》 발표.

1908년   《편지로 본 도스토예프스키》 발표.

1909년   《좁은 문》 연재 후, 출간.

1910년   《오스카 와일드》 발표.

1911년   《이자벨》, 《속 프레텍스트》 출간.

1914년   《교황청의 지하도》 출간.

1919년   《전원 교향악》 출간.

1920년   《한 알의 밀알이 썩지 않으면》 제1부 익명으로 출간.
         이듬해에 제2부, 1926년에 증보판 출간.

1924년   평론집 《앙시당스》 출간.

1926년   런던 왕립문예협회 회원. 《사전꾼들》 출간.

1927년   《콩고 기행》 출간.

1928년   《차드 호에서의 귀환》 출간.

1929년   《여인 학교》, 《편견 없는 정신》 출간.

1930년   《로베르》 출간. 《햄릿》 제1막 번역.

1934년   시극 《베르세포느》 발표.

1938년   부인 마들렌느 사망. 《쇼팽에 관한 노트》 출간.

1939년   《일기》 출간. 희곡 《13번째의 나무》 공연.

1946년   희곡 《테제》 출간. 《전원 교향악》 영화화.

1947년	6월, 옥스퍼드 대학에서 명예박사 학위 받음. 11월, 노벨문학상 수상.
1948년	《지드 - 잠 왕복 서간집》 출간.
1949년	수필집 《가을의 단상》 출간. 《지드 - 클로텔 왕복 서간집》 출간.
1950년	《행동의 문학》 출간, 지드 자신의 각색으로 《교황청의 지하도》 코미디 프랑세즈에서 상연.
1951년	2월 19일, 폐렴으로 파리의 바노 가의 자택에서 별세.
1952년	《지드 - 릴케 왕복 서간집》 출간. 교황청에서 지드의 전 작품을 금서 목록에 넣음.
1955년	《지드 - 마르텡 뒤 가르 왕복 서간집》 2권 출간.
1969년	지드 탄생 100주년 기념, '앙드레 지드 친우회' 결성.

좁은문

1판 1쇄 인쇄 | 2021년 05월 05일
1판 1쇄 발행 | 2021년 05월 10일

지은이 | 앙드레 지드
옮긴이 | 박정윤
펴낸이 | 윤옥임
펴낸곳 | 한비미디어

서울시 마포구 독막로 28길 34
대표전화 (02)713-3734, **팩스** (02)706-9151

등록 제 2003-000077호

ISBN 979-11-968278-6-1 03860
값 12,000원